Ich widme diese Neuauflage
den Lesern von „@derzwuckundich“,
die mich dazu motiviert haben.

GEORGE PURDEA

geboren 1953 in Lechinta (Lechburg), Siebenbürgen, Rumänien.

Er wohnt und arbeitet als vielsprachiger, staatlich geprüfter Fremdenführer in Wien.
Lektor an der Universität Wien, Institut für Philosophie, hat Texte von Freud, Jaspers, Lukács und Biemel ins Rumänische übersetzt.

Autor literarischer und philosophischer Bücher:
Bekreuzige dich mit der Zunge und geh´weiter, 1992
Der ewige Augenblick in der Begegnung zu zweit, 1997
Der Kofferträger, 2001

Preise und Auszeichnungen:
Linzer Geschichtenschreiber, 1997
Worte ohne Grenzen (Parole senza Frontiere), Italien, 2000

Verlag: EDITION DOPPELPUNKT
1. Auflage Wien 2001
2. Auflage Wien 2019
Druck: Druck3400, Klosterneuburg

ISBN: 3-85273-118-6

Umschlaggestaltung: Petra Sela

George Purdea

DER KOFFERTRÄGER

EDITION DOPPELPUNKT

INHALT

DER DIENSTANTRITT

Ich stelle mich auf meinen Dienstplatz, der nirgendwo eingezeichnet, aber genau festgelegt ist, auf den Bogen vor der Rezeption, und zwar gleich weit entfernt von den anderen zwei Kofferträgerkollegen, Pepe und Lacsi. Wir stehen dort wie mächtige Bastionen, so, daß jemand vom Hoteleingang her kommend, beides sehen kann: sowohl unsere imponierenden Rücken als auch, in den großen Intervallen dazwischen - wie wehende begrüßende Fähnchen - die feschen Gesichter der Rezeptionistinnen und, daß er sich schnell überzeugen kann, ob er sich zu den willkommenen Gästen unseres noblen Hauses zählen darf oder nicht.

Das für mich am stärksten leuchtende Fähnchen ist aber noch nicht erschienen! Ich meine die Neue bei der Rezeption. Na ja, es ist erst zwanzig vor, bis zwei ist noch Zeit, wenn der Nachmittagsdienst bei der Rezeption beginnt. Ich freue mich schon auf diesen Augenblick, wenn sie da hinter dem Pult auftauchen wird. Sie wird wie gewöhnlich beim Betreten des Rezeptionbereiches die sich automatisch zuschlagende Tür mit der rechten Hand stützen, zunächst die Kolleginnen begrüßen, ein Wort mit der einen oder der anderen wechseln, etwas in den Computer eingeben, und erst dann wird sie sich in der Halle umsehen: zunächst halb links, zum Conciergepult, dann nach rechts schwenken über den Hoteleingang, die Hotelbar und dann schließlich wird ihr Blick auf meinen geduldig wartenden stoßen und - „Klick!“ - darin hängen bleiben. Meinem leichten Kopfsenken wird sie mit einem noch leichteren Kopfsenken entgegnen, dabei wird ihr süßes Lächeln eine Spur breiter, und bevor ihr Blick sich wieder von meinem losreißt, verspüre ich jedes Mal vergnügt in der Unruhe der Pupillen und in dem erhöhten Schlag der Augenlider das Zappeln ihrer gefangenen Seele zwischen Darinbleiben oder Fluchtergreifenwollen.

Mein Kofferträgerkollege Lacsi, der rechts ein paar Schritte von mir steht, wirkt heute aber ein bißchen verschlafen. Er scheint mein Zuzischen nicht gehört zu haben, auf alle Fälle schaut er keineswegs in meine Richtung, ja mir scheint sogar, daß er den Abstand zu mir - auf der zwar nicht eingezeichneten, aber genau markierten Bogenlinie vor der Rezeption - um ein paar Zentimeter größer werden ließ. Oder ist er mit dem linken Fuß aufgestanden? Es macht nichts.

Da noch kein Gast für „check-in“ noch für „chek-out“ in Sicht ist - wie die Ankunft und die Abreise in der Hotelsprache bezeichnet wird - und der

Concierge für mich keinen Auftrag hat, werde ich mich brav auf eine „Aschenbecher-Tour" begeben. Das heißt, ich nehme aus einer Nische des Kofferlagerschalters mehrere glänzende Aschenbecher, gehe nun mit ihnen zu den in der Halle stehenden niederen Tischen, nehme diejenigen weg, die voll sind oder an denen auch nur eine Spur von Asche haftet, und stelle andere glänzend saubere dafür hin. So! Wie immer komme ich in unmittelbare Nähe der Hotelbar, wo an einer Ecke Miran Klavier spielt. Das Klavier steht mit der Klaviatur gegen eine Hallenwand, die mit riesigen dunkelblauen Vorhängen bedeckt ist in deren tiefen Falten Mirans Gestalt - mit seinem dunkelhäutigen Gesicht und dunklen Anzug - fast restlos eingegraben ist. Nur seine träumerischen Augen leuchten daraus hervor wie die eines im sandigen Meeresboden vergrabenen Plattfisches. Hinter der verschwommenen Grenze zwischen seiner Person und dem Hintergrund steckt die umsichtige Personalpolitik unseres Front Office Managers, der ständig darauf aufpaßt, daß alle Mitarbeiter - mit Ausnahme der feschen Rezeptionistinnen - so unscheinbar wie nur möglich erscheinen, sodaß der Gast und nur er sich als Träger eines eindeutigen Antlitzes abhebt. Miran freut sich immer, wenn ich Dienst habe und in seine Nähe komme - ob auf der „Aschenbecher-Tour" oder auf der „Handy-Tour". Bei der letzteren gehe ich mit einem Handy in der einen Hand und einer hochgehaltenen, mit einem Glöckchen versehenen Tafel in der anderen Hand in der Halle umher, auf der Suche nach einem am Telefon verlangten Gast. Denn ich schwenke im Umhergehen leicht den Kopf nach dem Rhythmus einer gerade von ihm gespielten Melodie, während die dort herumsitzenden Gäste - meist unter sich plaudernde Geschäftsleute - ihn kaum eines Blickes würdigen, als ob dort kein Künstler säße, der sich etwas von seiner empfindsamen Seele spielte, sondern ein Recorder liefe. Als kleines Dankeschön für mein Anerkennungszeichen seiner Person als lebendigen Künstler spielt er gleich danach meinen Lieblingssong „What a wonderful day". Nun aber?! ... Statt der erwarteten munter gelassenen Klänge von „What a wonderful day" vernehme ich die schmalzig melancholische Melodie von „Lonely in the night". Das spielt er doch eigentlich erst gegen Mitternacht, kurz vor Dienstende, um die noch einzeln dasitzenden Gäste zum Abschied einzustimmen! Ich schaue unschlüssig in seine Richtung, aber er starrt abwesend vor sich hin wie in die Flammen eines Kaminfeuers. Miran wird heute wehmütig sein, denn sonst bedenkt er mich immer mit ein paar Akkorden meines Lieblingssongs.

Na, sind heute alle mit dem linken Fuß zuerst aufgestanden? Dann müßte auch ich mürrisch sein, denn, gleich nach dem Dienstantritt, nachdem ich auf meinen Platz in die große Hotelhalle gegangen bin, ungefähr in der Mitte des Bogens zwischen der großen drehbaren Eingangstür und dem Lift, nein, eigentlich schon kurz vorher, wollte sich etwas von einer Mißstimmung auch bei mir einschleichen, nur dachte ich dann an die Neue an der Rezeption und die Mißstimmung war wie verflogen. Für eine Mißstimmung wäre der Anlaß sowieso nicht der Rede wert. Unbedeutend. Ich war noch im Koffer-Raum gewesen, ich warf soeben einen schnellen Blick auf meinen Dienstanzug, rückte dabei eine leicht abgerückte Epaulette zurecht, wischte mit einem Stück Papiertaschentuch einen Fleck vom linken Schuh und drückte dann auf die Klinke. Doch als die schwere Doppeltür, die den Koffer-Raum von der Hotelhalle trennt, halb gekippt war, ließ ich sie wieder zurückschnellen. Es schien mir, als hätte ich ein Geflüster vernommen, das nach meinem Namen klang, dabei aber war es dermaßen verzerrt, als ob es von weit her, durch eine lange und rostige Röhre gekommen wäre. Und dieser geflüsterte Ruf, von dem ich aber nicht schwören konnte, ob er von draußen kam und noch weniger sogar, ob tatsächlich darin mein Name erschallte, hatte gleichzeitig etwas von einem gellenden Pfiff an sich, wie der eines gerade in einen Baumstamm eingedrungenen, noch schwingenden Pfeiles. Ich wandte mich verwundert um und wanderte mit dem Blick im Koffer-Raum langsam umher: die metallischen Regale, auf denen dutzende Koffer und Taschen von Abreisenden standen, ein paar Rodeln ineinander eingerastet, der große, von Koffern zerkratzte Spiegel, das Waschbecken in einer Wandvertiefung, eine Aushangtafel mit Verordnungen und Ansichtskarten von Kollegen aus sonnigen Urlauben, der abgenützte Tisch ohne Sessel - das war alles. Und alles war an seinem Platz, wie der Kofferraum mir seit Jahren zusammen mit der Hotelhalle und den hell tapezierten Gängen des Hotels vertraut war. Ein Ruf?! Wer hätte mich hier rufen können? Blödsinn! Ich drehte mich um und drückte nun energisch die Türklinke zur Hotelhalle. Gleich stürzte auf mich die angenehme Helle, mit der Klaviermusik im Hintergrund, den großen Zierpflanzen, der spiralförmigen Leiter und dem munter plätschernden Wandbrunnen und schluckte mich in sich hinein. Ich ging auf meinen Platz, nicht aber bevor ich mich beim Concierge zum Dienstantritt gemeldet hatte, mit einem automatischen Nicken die zwei diensthabenden Kofferträgerkollegen begrüßte, besser gesagt ihre

Silhouetten, denn mein Blick war ständig nach rechts auf die Rezeption geheftet. Nein, die Neue war nicht da, ist noch nicht da, aber in Kürze wird es so weit sein.

DER MANAGER LIEGT AUF DER LAUER

Hoppla! Der Front Office Manager liegt auf der Lauer! Jetzt soll ich gut aufpassen, denn Godzilla - wie wir den Chef Manager unter uns nennen - hat mich schon seit einigen Tagen im Visier. Woher weiß ich, daß er oben hinter mir in der Loggia auf der Lauer liegt? Ich sehe dies doch klar in den Gesichtern der Rezeptionistinnen, des Concierge und des Kassierers, vor deren Pulten ich vorschriftsgemäß auf dem mir zugewiesenen Bogenpunkt stehe. Deren Augen sind um eine Spur weiter aufgerissen und deren freundliches Lächeln ist um eine Spur freundlicher als gewöhnlich, und das seit einigen guten Minuten, obwohl sich in dieser Zeit kein Gast der Rezeption genähert hat.

Zweimal pro Woche stellt sich der gefürchtete Boß in eine Ecke der Loggia „auf die Lauer" und beobachtet von dort mit ernster Miene minutenlang, wie seine Leute da unten in der Halle seine Vorschriften befolgen. Er ist dort hinter einem Paravent versteckt, aber so, daß eine Hälfte von ihm sichtbar ist. Er steht so, als ob er glaube, daß wir nichts davon wissen, und wir spielen ebenso geschickt die Ahnungslosen, als wüßten wir nicht, daß er auf der Lauer liegt, und auch nicht, daß er weiß, daß wir es wissen. Bin ich blöd?! Nie schaue ich hin! Das kann einen den Job kosten. Der Front Office Manager kann manchen Fehler übersehen, aber daß du sein Spionieren verdirbst, das verzeiht er dir nie.

Kaum hat sich unser Manager halbwegs versteckt, taucht unter uns der Kofferträgerchef auf, der „Bellcaptain", der bis dahin voller Konzentration hinter einem Schalter an der Schichteinteilung auf einem Diagramm gearbeitet hat, unter dem wie zufällig eine Neue Kronenzeitung liegt. Er schaut uns mit einem warnenden Blick an: „Vorsicht", bedeutet dieser uns schon bekannte Blick, „nun sollt ihr ganz ordentlich herumstehen!" Wie zufällig rückt er einem im Vorbeigehen die Krawatte zurecht und macht zu einem zweiten mit einem leichten Kopfschütteln, trotzdem deutlich genug, um von oben bemerkt zu werden, irgendeine Bemerkung, was ihm gerade einfällt. Der Front Office Manager weiß, daß ihm zuliebe der Bellcaptain die Zurechtweisung gemacht hat, und weiß ebenfalls, daß der Bellcaptain weiß, daß er das weiß. Und der Bellcaptain weiß ebenfalls, daß Godzilla weiß, daß er das weiß. Aber das macht niemandem etwas aus, denn dieses Spiel befriedigt den Manager sehr.

Die Assistent Managerin, Geisha, die noch vor einigen Jahren als

Hostesse im Hotelrestaurant gearbeitet hat, zeigt sich auch vor ihrem Büro in der Hotelhalle. Die steile Beförderung dürfte sie aus dem Normalen ihrer Bewegungen gerissen haben. Wenn sie vor den Schaltern „zur Kontrolle“ hin und her geht, kann sie die Hände nicht mehr einfach hängen lassen, sondern hält sie über die Hüften, und dabei bewegt sie die kleinen Finger beider Hände so anmutig wie eine japanische Geisha. Da nimmt sie einen Aschenbecher von einem Tisch, auch wenn er glänzend sauber ist, geht damit zu einem Mistkübel und „leert ihn aus“. Denn von da oben kann man nicht sehen, ob etwas in dem Aschenbecher war oder nicht, und außerdem spielt das überhaupt keine Rolle. Dann stellt sie sich selbst halb hinter eine Säule und beobachtet „heimlich“ die Arbeit ihrer Untergeordneten, der Rezeptionistinnen. Sie weiß sehr gut, daß der beobachtende Front Office Manager da oben ebenfalls weiß, daß ihre Beobachtung nur seiner Beobachtung zuliebe durchgeführt wird. Und der Herr Front Office Manager weiß ebensogut, daß sie weiß, daß er das weiß.

Nun ist der Securityman daran. Eher mager und klein, mit einem Schnurrbart à la Clark Gable erscheint er aus einer Ecke mit auf dem Rücken verschränkten Armen und, um seiner sonst von Natur aus kaum auffälligen Anwesenheit mehr Gewicht zu geben, schleift er leicht die mit Eisen beschlagenen Schuhabsätze. Heute hat er aber kein Glück, dabei einen Sandler zu erwischen, der sich vom Glanz der Halle hat hereinlocken lassen, wie es manchmal vorkommt, denn ein Bahnhof ist in der Nähe. Da tritt er ihm energisch entgegen und hält ihm einen Ausweis vor, der sich beeindruckenderweise nach unten entfaltet. Eingeschüchtert von dem langen, aus Krimis bekannten, Inspektorenausweis läßt sich dann der Sandler widerstandslos zum Ausgang führen. Nun setzt aber der Securityman seinen behutsam betonten Gang durch die Halle fort, in alle Ecken der Hotelhalle erwartungsvoll spähend. Der Front Office Manager weiß, daß ihm zuliebe der Securityman gerade jetzt in der Halle aufgetaucht ist, denn sonst verweilt er gerne auf den Stockwerken bei einem Tratsch mit einem süßen philippinischen Zimmermädchen, und der Securityman weiß ebenfalls, daß Godzilla das weiß, aber, wie gesagt, das macht niemandem etwas aus.

Nun, nach zirka einer Viertelstunde „Lauer“ verläßt plötzlich der große Boß sein Versteck und steigt langsam die Wendeltreppe herunter. Jetzt ist es so weit! Wir alle da unten in der Halle - Rezeptionistinnen, Portiers und Kofferträger - fragen uns voll Unbehagen: Wird er mit unserem Mitspiel zufrieden sein? Während er langsam die Treppen heruntersteigt, tun wir so, als ob wir nicht wüßten, daß er sich nähert. Bei der Übergabe der Schlüssel bleibt das Zulächeln der Rezeptionistinnen eine ganze Weile an ihrem Mund hängen, auch wenn der Gast sich schon längst entfernt hat. Und sie schreien ihm ein „Have a nice stay, Sir ...“ diesmal mit einem mehr als amerikanisch amerikanischen Akzent nach. Der Concierge beugt sich etwas weiter als üblich über den Schalter zu dem Gast, um ihm etwas auf dem Stadtplan zu zeigen. Und wir, die Kofferträger, stehen säulenähnlicher denn je da. Aber obwohl keiner von uns auf den näher kommenden Manager blickt, sehen wir ihn alle! Wenn mich nun jemand fragen würde: Wie kann man nur in die Augen des Gastes schauen - wie die feschen Rezeptionistinnen -, wie kann man über das Pult gebeugt nur auf den Stadtplan schauen - wie der Concierge -, wie kann man den Blick nach vorne gerichtet haben wie wir, die Kofferträger, und trotzdem die Silhouette eines Menschen hinter den umherwimmelnden Gästen, den Säulen und riesigen Zierpflanzen genau beobachten? - würde ich antworten: Eben, das ist das Geheimnis unseres noblen Hauses, und sein Erlernen ist nur eine der minimalen Voraussetzungen, um hier bestehen zu können.

Ich nenne diesen unmerklichen, aber alles bemerkenden Blick „den Blick unter der Dachrinne“. Es ist ein unheimlich schwierig einzuübender Seitenblick, mit dem du alles, was sich in der Halle rührt, sehen kannst, ohne daß dabei jemand merkt, was du dabei tatsächlich siehst. Schaut man gerade vor sich hin, sieht man nicht nur das, was links und rechts in den seitlich angrenzenden Feldern vor sich geht, sondern auch gleichzeitig alles was sich unten am Boden oder oben in der Loggia rührt. Dieser Blick hat etwas von dem eines Haustieres, das anscheinend nur auf sein Futter konzentriert ist, aber gleichzeitig vor dem Näherkommen eines Stärkeren auf der Hut ist. Na sicher beherrsche ich ebensogut wie die Rezeptionistinnen diesen Blick! Wenn ich nun den Kopf auffällig hin und her wie eine Radarantenne schwenke, von einem Ende der Hotelhalle bis zum anderen, tue ich das nur dem Beobachtungsspektakel von Godzilla zuliebe. So kann er an den Drehungen meines Nackens erkennen, daß ich seiner Dienstanweisung strickt folge, jederzeit hinzuschauen, woher ein Gast erscheinen oder ein Auftrag für mich kommen könnte.

Nun steht Godzilla vor dem langen Rezeptionsschalter. Er sagt etwas zur Assistent Managerin und sie lacht schon - froh und gleichzeitig scheu, den Kopf wie eine Geisha halb seitlich gebeugt - kaum daß er den Satz begonnen hat. Offensichtlich ist er mit der Arbeit der Rezeptionsabteilung zufrieden.

Uns Kofferträgern wendet er noch den Rücken zu. Trotzdem bewirkt jede beginnende Drehung seines Oberkörpers bei uns, die hinter ihm stehen, den Anfang einer entgegengesetzten Drehung, sodaß wir bei einer unberechenbaren vollständigen Drehung von ihm womöglich gleich seine Wünsche von den Lippen ablesen können. Alles läuft so perfekt, als ob der Manager auf dem Rücken lauter Minisender hätte und wir, die Kofferträger, auf unserer Brust Empfangssensoren hätten. Ab und zu - mit dem Rücken zu uns - überprüft er das Funktionieren der elektronischen Anlage: Ohne sich umzudrehen, streckt er plötzlich einen Arm mit einer Mappe oder einem Papier nach hinten aus, um festzustellen, ob ihm jemand schnell in die Hand laufen wird, um es ihm abzunehmen. Und das erfolgt tatsächlich unheimlich schnell. Besonders schnell ist Lacsi, der jährlich eine Arbeitsgenehmigung braucht. Lacsi hat ein übermäßig großes Gesicht, wie von der Axt geschnitzt. Er hat zwei Augen, aber sie wirken, ich weiß nicht warum, wie eines. Es ist gefährlich, etwas von der ausgestreckten Hand des Managers vor ihm nehmen zu wollen. Denn unterwegs dahin stößt du mit ihm zusammen, und wie zufällig gibt er dir einen Rempler in die Hüfte, den du nicht so schnell vergessen wirst.

Herr Front Office Manager wendet sich endlich uns zu. Die Nachwirkung der ehrfürchtigen Blicke der feschen Rezeptionistinnen steht noch auf seinem Gesicht. Wir begegnen seiner Zuwendung ebenfalls mit einem ehrfürchtigen Lächeln. Beim Umdrehen stößt der Blick des Front Office Managers auf Lacsi, der schon ganz nahe hinter ihm steht und, ihn kaum anblickend, meint: „Alles im Griff?!"

Dann, ohne uns, die anderen, wenigstens mit einem Blick zu würdigen, geht er weiter in Richtung seines Büros. Lacsi fühlt sich durch diese an ihn allein gerichtete Nachfrage plötzlich über die anderen Kofferträger erhaben. Kaum ist der Manager um die Ecke der Halle verschwunden, beginnt er über „jene Poeten" unter uns zu schimpfen, die keine Ahnung haben, was es heißt, ein richtiger Kofferträger zu sein! Das ist kein Kofferträgerteam, sondern „ein Haufen von zerstreuten Poeten!" Er wiederholt mehrmals die Sache mit den Poeten. Den Ausdruck hat er einmal bei unserem Front Office Manager gehört und sich ihn dann gut gemerkt. Mit den „Poeten" sind meist Studenten gemeint, die hier in den Ferien zwei, drei Monate ihr Geld für eine Reise verdienen. Sie sprechen Englisch, manche sogar auch andere Fremdsprachen, sind meist gut gelaunt bei der Arbeit und, wenn in der Halle nicht viel los ist, machen sie, statt steif zu stehen und die Blicke herumkreisen zu lassen, den Rezeptionistinnen den Hof oder lassen sich auf einen Plausch untereinander ein. Die kann Lacsi nicht ertragen. Und er weiß, daß sie auch für Herrn Front Office Manager nur „Poeten" sind, aber im Sommer ist er auf sie angewiesen wegen der Urlaube der „richtigen" Kofferträger. Lacsi kann zwar kein Englisch, aber er braucht es auch nicht. Wenn ein Gast ihn was auch immer fragt, zeigt er mit der Hand zum Concierge. Letztendlich ist seine Aufgabe hier, Koffer zu tragen, nicht zu dolmetschen! Und ihm vertraut der große Boß, nicht den „Poeten"! Deswegen läuft er dem Front Office Manager entgegen durch die ganze Halle, um ihm beim Ankommen oder Weggehen die Türe zu öffnen, die Aktentasche aus der Hand zu reißen, und deswegen berichtet er ihm alles, was die „Poeten" über ihn schimpfen.

WAS KÖNNTE GODZILLA GEGEN MICH HABEN?

Wenn nun Lacsi auf die „Poeten“ schimpft, lächle ich irgendwie, um das Unbehagen zu verbergen, daß ich mich auch dazu zählen muß. Denn mich hat Godzilla im Visier. Wenn ich nicht aufpasse, ist es bald aus mit mir, spüre ich. Und dann: adieu fettes Trinkgeld, adieu tägliches zärtliches Aug in Auge mit der Neuen bei der Rezeption. Und wenn ich denke, was für einen guten Eindruck ich am Anfang beim Front Office Manager gemacht habe! Denn ich habe gleich zu spüren bekommen, was man als Kofferträger verdienen kann. Fast bei jedem aufs Zimmer gebrachten Koffer mindestens einen Zwanziger. Mal mindestens zwanzig Koffer pro Dienst, kann sich jeder ausrechnen, was für ein Sümmchen zusammenkommt!

Zwar ganz leicht ist es auch nicht. Denn was heißt letztendlich, Kofferträger zu sein? Nichts anderes, als acht Stunden täglich hin und her zu laufen - „Gehen Sie hin“, „Holen Sie das“ - zupacken, Koffer hinauf, Koffer hinunter, Koffer abgeben, Koffer einstellen, „bitte - danke“, „danke - bitte“, immer zuvorkommend, immer lächelnd, auch wenn dich ein Schuh drückt oder ein Gelenk von einem gefürchteten japanischen übergroßen Koffer schmerzt. Und wenn der Sturm sich für eine Weile legt, dann stumm und kerzengerade da vorne stehen wie eine Tempelsäule, trotzdem möglichst durchsichtig, um nicht den Ausblick zu den feschen Rezeptionistinnen zu verdecken. Zwar dürfen die Augen bewegt werden, aber nicht beliebig, sondern nur in der vorgeschriebenen Bahn, aus der Aufgaben auf dich zukommen könnten. Und wie du da stehst, mit überlangen Armen und kreisenden Blicken, in deiner Uniform mit großen, glänzenden Westenknöpfen, mit Achselspangen auf den Schultern, hast du nur aufzupassen. Worauf? Daß ein Gast nicht etwas an dir vorbeischleppt, ohne daß du ihm deine Dienste angeboten hast. In der ersten Arbeitswoche, auf der Straße kannst du dich deswegen kaum zurückhalten, einem Passanten den Koffer aus der Hand zu reißen! Dann mußt du aufpassen, daß dein Hemd vom Tragen nicht schmutzig wird; oder einfach, daß du nicht gähnst oder in einer lässigen Haltung dastehst. Und wenn einer nach der Toilette fragt, leicht zu piepsen: „Just straight ahead, Sir“. All das habe ich mir schnell gemerkt und mich dem reibungslos angepaßt. Und dafür erntete ich ein paarmal den wohlwollenden Blick unseres Front Office

Managers. Ja, ich schmeichle mir, daß ich bis vor kurzem einer seiner Lieblingskofferträger war.

Bis vor einigen Tagen, als etwas in meinem Auftreten den Manager zu einem strengen Blick auf mich veranlaßte. Was sage ich da strengen Blick? In dem auf mich gerichteten Blick des Managers war eine Spur des Schreckens. Was habe ich nur um Gottes willen getan? Haltung war säulenmäßig, Blick nach vorne gerichtet, ich stand genau an meinem Stammplatz, die Uniform hatte keinen Knick, die Schuhe keinen Fleck, Haare waren frisch gewaschen wie immer, frisch rasiert war ich ebenfalls. Der überraschend böse Blick des Managers hat mich derart ratlos gemacht, daß ich zunächst an nichts anderes denken konnte, als daß er mich unter dem Gewimmel der Gäste nicht finden konnte! So machte ich von meinem Stammplatz auf dem Bogen vor der Rezeption einen halben Schritt in seine Richtung, dabei die Arme ein bißchen baumeln und die Beine schlenkern lassend, um ihm aufzufallen. Darauf riß er aber seinen Eierkopf nach hinten und nun war sogar eine Spur der Entrüstung in seinem Blick erkennbar, als ob mein Hosenschlitz geöffnet und mir etwas herausgerutscht wäre ... Was kann der Manager damals Anstößiges an mir gefunden haben?!

Wird meinen Kollegen bei mir etwas aufgefallen sein? Weiß vielleicht schon Lacsi etwas davon? Lacsi! Psst! Lacsi! Na?! - wieder hört er mein Zischen nicht. Ist er schwerhörig geworden? Oder ist er vielleicht bei einem Nickerchen? Denn nach dem üppigen Mittagessen in der Hotelkantine pflegt er bis zur Zeit, wenn der Front Office Manager wieder aus dem Hotelrestaurant auftaucht - wo er sich nach dem Lauern hinbegeben hat - sich einem Halbschlaf hinzugeben. Ja, richtig gehört, so drei Schritte vor der Rezeption stehend, mit halboffenen Augen, sogar gelegentlich den Kopf langsam wie ein Radar leicht nach links und nach rechts drehend. In dieser Zeit verläßt er sich nur auf sein Gehör, das dabei aber um einiges schärfer wird, sodaß er nach der Schwere der herankommenden Schritte oder nach dem Geräusch der rollenden Koffer auf dem Marmorboden der Hotelhalle erkennen kann, ob es sich um eine Ankunft, um eine Abreise oder nur um einen in der Halle herumschlendernden Gast handelt. Und die Schritte von Godzilla erkennt er sowieso schon von weitem wie ein allein zu Hause gelassener Hund die Schritte seines sich auf der Straße nähernden Herrn spürt.

Ich muß herausfinden, was Godzilla gegen mich hat, bevor es zu spät ist. Denn wenn mich Godzilla rausschmeißt, adieu fettes Trinkgeld, adieu tägliches Gegenüberstehen, zärtliches Aug in Auge mit der Neuen bei der Rezeption. Schon das erste Mal, als ich sie hinter der Rezeption gesichtet habe, ist mir die Ähnlichkeit mit meiner Liebe aus der „Parallelklasse - B“ aufgefallen. Ja, sie ist Claudia in Person, die Claudia aus meinem Geburtsort in Siebenbürgen, wo ich aufgewachsen bin, ich meine natürlich, so wie sie nun ausschauen würde, nach etwa fünfzehn Jahren, seitdem ich sie nicht mehr gesehen habe. Ich meine, seitdem wir damals auf einem Feldweg mit den Fahrrädern unterwegs nach Hause waren und ein plötzlich auftauchender Traktor auf uns zukam ...

Außerdem, wenn mich Godzilla hier hinausschmeißt, so ein Hotel finde ich nie mehr. Ja, obwohl ich schon viele Jahre hier bin und das meiste an meiner Arbeit längst Routine geworden ist, befällt mich immer wieder ein Stolz, Mitarbeiter solch eines Hotels zu sein. Nicht daß es hinter den Kulissen des Hotelbetriebs anders liefe als in irgendeinem Massenhotel für Pauschalreisen am Gürtel. Denn auch bei uns werden Berge von Gepäck ständig hinauf- und hinuntergetragen, Lieferungen entgegengenommen, Mülltonnen weggetragen, Waggons von Speisen in reicher Vielfalt zubereitet, serviert und wieder abgetragen, Bettwäsche und Kleider gewaschen, gebügelt, Geländer, Möbel, Teppiche abgewischt, aufpoliert, gesaugt und so weiter. Der große Unterschied besteht aber eben darin, daß nichts von alldem - sei es auch nur andeutungsweise - in das Wahrnehmungsfeld des Gastes rückt. Alles was auf einen Massenbetrieb deuten könnte, wird bei uns sorgfältig in der Verborgenheit gehalten.

In der Hotelhalle, wo mein Platz ist, könnte man ja glauben - wären nicht die Schalter der Rezeption und die vergoldeten Schilder darüber -, bei einem diplomatischen Empfang oder bei der Besichtigung einer Kunstgalerie zu sein. Kein Knäuel von wartenden Gästen vor der Rezeption, kein Kofferhaufen irgendwo auf dem Hallenboden, kein Plastikbecher in jemandes Hand, kein Rumpeln von geschobenen Rodeln, kein krächzender Lautsprecher meldend, daß Bus soundso für Gästegruppe soundso vorgefahren ist, kein Geruch von süßlichen Reinigungsmitteln, nicht einmal in den diskretesten Ecken! Anders gesagt, nichts drängt sich den feinen Sinnesorganen unserer Gäste auf wie in einem Massenhotel, sondern diese werden eher diskret betäubt: durch die Blumenarrangements, die erlesenen Möbel, die Evergreens vom Klavier und das leichte Murmeln des Wandbrunnens, die wohlriechenden Düfte aus Blumenvasen und Blätterschalen.

Und auch vom Anblick nicht ebenbürtiger Wesen werden die Gäste möglichst verschont. Sie haben doch genug davon, sobald sie auf die Straße gehen! Deswegen wird bei uns dafür gesorgt, daß sich die Gäste so vorkommen, als ob sie ausschließlich unter sich wären, und jeder von uns ist stets darum bemüht, die eigene Anwesenheit als einfache Kreatur möglichst zu verbergen. Miran, der Klavierspieler zum Beispiel: Nicht nur, daß er in der entferntesten Ecke sitzt, halb von einem Vorhang verdeckt, er berührt die Klaviertasten bei seinen Evergreens behutsam leicht und wagt nie, den herumsitzenden Gästen einen eindeutigen, neugierigen Blick zuzuwerfen. Und wir, das restliche Personal, auch wenn wir miteinander kommunizieren, ziehen durch nichts die Aufmerksamkeit der Gäste auf uns. Denn nichts wird dabei gezeigt, zum Ausdruck gebracht, geschweige denn gesprochen. Und wenn so etwas wie Sprache verwendet wird, ist das doch eine total unhörbare, unauffällige Sprache, ja eine perfekte Dingsprache, für einen Außenstehenden kaum wahrnehmbar.

Wenn der Concierge einen von uns braucht, mich zum Beispiel, wie ruft er mich dann? „He, Sie!" Nie! Er wartet ruhig meinen Blick ab, der regelmäßig wie ein Pendel vor dem Horizont - vom Lift über Kassier, Rezeptionspult, Portierspult bis zum Haupteingang hin und her schwingt -, bis er trigonometrisch genau seinen Schalter erreicht. Sobald der Concierge meinen Blick aufgefangen hat, schaltet sich unsere Kommunikation ein. Hebt er kurz den Blick ein bißchen nach halb links, springe ich schon in den ersten Stock zum Bussiness Center, um ein Fax herunterzuholen. Senkt er leicht das Kinn und dreht dabei den Kopf nach halb rechts, bin ich schon unterwegs zum Lager, um Büromaterial mit der Gepäckrodel abzuholen. Dreht er den Hals, als ob ihn der Kragen ein bißchen drücke, tauche ich schon bei seinem Pult auf, auf dem irgendwo ein Zettel mit einer Nummer und einem Pfeil liegt. Ist der Pfeil nach oben gerichtet, soll das Gepäck vom Gepäckraum hinauf ins Zimmer gebracht werden. Ist der Pfeil nach unten gerichtet, soll es vom Zimmer hinunter zum Eingang gebracht werden. Ein Laie natürlich kann nichts von dieser stummen, faszinierend unauffälligen Sprache mitbekommen.

UNSER HOTEL IST ANDERS

Ja, im Grunde genommen sieht man bei uns nicht so etwas wie „Personal"! Was aber keineswegs jemanden zu dem Schluß verleiten soll, daß bei uns Selbstbedienungsgeräte herumstehen würden. Um Gottes willen, nein! Das wäre ein grober Verstoß gegen den Geist eines noblen Hauses. Das erste Verlangen eines jeden Stammgastes ist schließlich, persönlich bedient zu werden, von einem eindeutig als solches bestimmbares menschliches Wesen, nur sollte dieses Wesen möglichst unsichtbar bleiben. Das ist die kleine, aber feine Fußnote im ungeschriebenen Kodex unseres Hotels, der von vielen mittelmäßigen Hotelmanagern ohne jedes psychologisches Gespür übersehen wird. Nicht aber von unserem Front Office Manager!

Sicherlich stehen auch bei uns dem Gast eine Menge von Hausbediensteten zur Verfügung - wie den sonst?! - nur schauen diese überhaupt nicht nach „Personal" aus. Die Rezeptionistinnen, um nur ein Beispiel zu nehmen, wirken wie eine Art Empfangsdamen bei einem Diplomatentreffen. Sogar eine subtile erotische Draufgabe mischt sich bei der Bedienung des Gastes ein, so diffus, daß ich Jahre gebraucht habe, bis sie mir aufgefallen ist. Bei der Ankunft zum Beispiel, wenn dem Gast eine elektronische Schlüsselkarte angefertigt wird, und zwar bei einem unten hinter dem Schalter eingebauten Gerät, schaut Geisha stets in die Augen des Gastes, währenddessen ihre Hand, beschäftigt mit der Schlüsselerzeugung hinunter gleitet zu einem Punkt, der ungefähr der Höhe des Hosenschlitzes entspricht. Bestimmt. Denn ich merke, während ich hinter dem Gast stehe, wie sich dessen Unterleib ruckartig gegen die harte Schalterwand des Rezeptionspultes preßt, als ob diese nicht aus furniertem Nußbaumholz, sondern aus Daunenfedern bestünde. So stellt sich auch Hugo an, der einzige männliche Rezeptionist, wenn eine alleinreisende Dame zu uns kommt, deren Auftritt nicht den Schluß nahelegt, sie könnte einem Komitee zur Rückbesinnung auf die Erbsünde angehören. Er geht bei der Abnahme des elektronischen Schlüssels in die Hocke mit dem Gesichtsausdruck des getreuen Sklaven zu seiner Domina, als wollte er mit dem vorgeschobenen Gesicht vor den Beinen der Kundin knien. Seine Körpersprache ist auch wirkungsvoll, denn ich sehe, wie die Beine der Dame sich dabei automatisch leicht auseinanderspreizen. So werden unsere Gäste nicht nur mit den üblichen Annehmlichkeiten eines Luxushotels verwöhnt, sondern darüber hinaus werden ihre Phantasien angeregt, die ihr starkes ausgeprägtes Standesbewußtsein schier ins Unermeßliche steigern. Ein Genie ist Godzilla, unser Front Office Manager!

Man könnte sogar sagen: der Gast bewegt sich bei uns in einer fast kristallklaren Welt, wo nicht nur alles Dienstliche, sondern auch alles rein Leibliche diskret abgeschirmt wird. Wir Kofferträger zum Beispiel stehen derart säulenmäßig in der Hotelhalle herum, daß nur das rote Band an den Hosen und die Schulterklappen an den Schultern dem Gast signalisieren, daß dort lebendige Kofferträger stehen und nicht irgendwelche künstliche Tropfsteine. Sogar beim Anpacken der Koffer in der Hotelhalle passen wir auf, daß wir keine Grimasse ziehen, die nicht als Lächeln aufgefaßt werden könnte, weiters - selbst wenn der Koffer ein übergewichtiger japanischer Samsonite ist - daß uns kein Stöhnen oder Ächzen entweicht und schon gar nicht ein hörbarer Wind. Da aber die leiblichen Funktionen von uns biologischen Kreaturen nicht komplett eliminiert werden können, ohne daß darunter unser Funktionieren als Kofferträger litte, wurden sie weit weg verbannt, und zwar in das zweite Kellergeschoß des Hotelgebäudes, zwischen Wäscherei und Elektrizitätswerkstatt. Da unten in der neonbeleuchteten Welt mit warnenden Schildern an den Türen gehen wir Kofferträger, Kellner, Housekeeper, Zimmermädchen, Pagen zur Toilette, essen, ziehen wir uns um, telefonieren wir etc.

Eigentlich gibt es eine Toilette auch in der großen Hotelhalle, wo wir uns am meisten aufhalten, doch hat uns der Front Office Manager deren Benützung streng verboten. Sicher, das sehe ich auch ein, wieso soll ein Kofferträger Muschel an Muschel mit einem Gast pinkeln? Nicht einmal die Manager oder ihre Vertreter trauen sich, diese Toilette zu betreten. Das Management uriniert unter sich, im zweiten Stock, wo sich auch die Büroräume befinden, so wie wir, die Dienerschaft, unter uns urinieren, im zweiten Kellergeschoß.

Einmal, als ich Nachtdienst hatte und der letzte Gast in der Halle auf sein Zimmer gegangen war, hatte ich mich in die Gästetoilette der Hotelhalle hineingeschlichen, um meine Neugier zu befriedigen, wie diese Toilette ausschaut. Da kann man was erleben! Was für ein Unterschied zu unserer Toilette im zweiten Kellergeschoß, wo oberhalb der Muscheln an der Wand in Augenhöhe ziemlich dicke Röhren laufen, sodaß man dort in unbequemer Haltung - mit dem Kopf etwas nach hinten, und Unterleib nach vorne geneigt - stehen muß. Hier aber in der Gästetoilette stehst du ganz lässig und bist gleichzeitig durch die seitlichen Fliesenwände vor zu viel Nähe zu den benachbarten Pinkelnden geschützt. Darüber hinaus berieseln dich aus der Höhe wo zwei Stereoboxen in den Wandecken angebracht sind, sanfte Klänge, die nicht nur therapeutisch das Wasserlassen fördern, sondern auch jedes unangenehme Geräusch von der Muschel oder den Mitpinkelnden her übertönen. Man hat hier sogar den Eindruck - zweifelsohne auch wegen der Klimaanlage, die dauernd reichhaltig Sauerstoff liefert -, irgendwo auf einer Bergtour zu sein und nur kurz, um sich zu erleichtern, im Schatten eines Nadelbaumes zu stehen und dabei dem Vogelzwitschern und dem Säuseln der Zweige zu lauschen. Man wischt sich mit der freien Hand einen Schweißtropfen von der Stirn, und währenddessen schaut man in die Tiefe des Waldes hinein, wie sich das Sonnenlicht schräg durch die Tannenzweige siebt, wie die Spitzen der Baumwipfel leicht im Wind schwanken. Falls aber der Hotelgast nichts von den gebotenen Annehmlichkeiten des Pinkeln im naturgetreuen Milieu hält, kann er diese Zeit dazu nützen, sich über den Lauf der Aktienkurse oder des politischen Geschehens zu informieren. Denn oberhalb jeder Muschel sind Glaskästen angebracht, in denen die letzte Ausgabe der Tageszeitung Seite um Seite aushängt. Es ist eine so tolle, erbauliche Stimmung dort, daß ich beim Verlassen der Gästetoilette - nachdem ich langsam von Muschel zu Muschel wanderte, mal eine Zeitungsnotiz lesend, mal frische Bergluft schnappend - das Gefühl hatte, in einem Erlebnispark gewesen zu sein.

Kurzum: nichts vom ständigen Wirrwarr in den Eingeweiden des Hotelbetriebes ist in unserem noblen Haus zu spüren. Die dicken Schallschutzwände, die perfekte Organisation und unser lockerer Auftritt sorgen dafür, daß nichts von dem in die Privaträume und Hotelhalle vordringt, was sich hinter den Kulissen abspielt. Das Hetzen auf den Fluchttreppen und Nebengängen, das Schwitzen in der Wäscherei, die Gerüche aus der Küche, das Ächzen auf den Rampen werden von den Gästen ebenso ferngehalten, wie die Reibereien und Fehden zwischen Kofferträgern, Kellnern, Rezeptionistinnen und Managern unter sich. Wie könnte letztendlich der Gast hinter den entspannten, freundlichen Gesichtern der Hausangehörigen - soweit sie überhaupt als solche erkennbar sind - so etwas wie ein umherschleichendes Angstphantom vermuten? Hat die sonst empfindsame Mutter, über ihr schlafendes Baby gebeugt, eine Ahnung davon, daß hinter dessen sanfter Stirne und zuckenden Lidern manchmal schreckliche Alpträume ablaufen? „Wie süß schläft mein Baby", sagt sie sich, währenddessen ihm in seinem Schlaf womöglich gerade ein Drache oder eine riesige Schlange auf den Fersen ist, um ihn zu verschlingen oder in Stücke zu reißen! Nicht viel anders geht es uns. Das Angstphantom ist allgegenwärtig und geht alle Abteilungen und Ebenen durch, beginnend mit dem Kellergeschoß bis hinauf zu der obersten Etage. Die untere Dienerschaft fürchtet sich vor den unmittelbaren Chefs, die letzteren vor den Manager-Stellvertretern, die Manager-Stellvertreter vor den Abteilungsleitern, diese wiederum vor dem Godzilla und Godzilla wiederum ... Aber das ist ein anderes Kapitel.

Ja, so straff und glatt wie die Haut eines Babys sieht unser Hotel aus, wo alles, Gegenstände und Gesichter in einen umfassenden Glanz getaucht sind. Denn wenn ich mich jetzt umschaue, rutscht mein Blick durch die Halle fast wie auf einer glatten Spiegelfläche dahin: Marmorplatten der Schalter, Marmortische, Luster, Sessellehnen, der Klavierflügel, und dann nahtlos weiter: die Gesichter der Kofferträger, der Rezeptionistinnen, der Pagen.

WIRD ES AN MEINEM BLICK AUF CLAUDIA LIEGEN?

Ich muß irgendwie zu einer lästigen Falte in dieser glatten Landschaft geworden sein, sonst würde mich Godzilla nicht so böse anfunkeln. Und das seit einigen Tagen schon. Wieso? Was wird er an mir gesehen haben damals, als er mich zum ersten Mal böse anblickte? Ich stand genau an meinem Stammplatz, die Schuhe hatten keinen Fleck, die Uniform keinen Knick, die Haltung war säulenmäßig wie immer, anders kann ich nicht stehen, auch wenn ich es wollte. Die Haare waren frisch gewaschen wie immer, frisch rasiert war ich auch, der Blick nach vorne gerichtet ...

Stop! Wo war mein Blick in dem Moment, als Godzilla mich zum ersten Mal böse angeschaut hat? Na, wo sonst, wenn nicht bei der Neuen an der Rezeption? Wird Godzilla vielleicht mein melancholischer Blick auf Claudia aufgefallen sein? Dann, hat er freilich recht. Auf dieser glänzenden Spiegelfläche ist tatsächlich der Ausdruck eines inneren Zustandes auf jemandes Gesicht eine unerlaubte Staubspur. Ein von heißen Wünschen gespeistes Zulächeln oder das Nachdenken darüber gleicht tatsächlich einem skandalösen Vorfall! Unsere Gesichter sollten den Gesamteindruck der imponierenden Hotelhalle vervollkommnen! Wenn unser Chef uns gesichtslos haben will, ist das doch nicht zufällig. Denn gesichtslos sein, möchte unser Boß denken, ist für den Gast ein subtiles Kompliment. Je leerer unsere Gesichter, desto ausdrucksvoller könnte sich der Gast vorkommen. Wenn er uns stumm haben will, dann nur um den passenden Hintergrund zu schaffen, vor dem die Stimmen der Gäste unbehindert erklingen können. Der leichte Klang der Evergreens, der leise plätschernde Brunnen, dann unsere Zeichensprache und letztendlich die Ausdruckslosigkeit der Gesichter bilden zusammen die fünf Linien jener Partitur, auf der die Gäste - und nur sie! - ungestört ihre Noten einsetzen können: Rufe, Lachen, Flüstern, das Geräusch der Abendröcke oder der Lackschuhe. Unser Manager ist ein genialer Psychologe: wir haben subtile, tief psychologische Ansprüche der Gäste zu erfüllen, wir sind doch ein Fünf-Sterne-Hotel! Und ich ... Ich werde mit meinem blöden sentimentalen Blick auf Claudia gegen diese Regel verstoßen haben. Sonst ist doch niemand da außer mir, der bei Dienstbeginn vor Ungeduld von einem Fuß auf den anderen tritt, beim Erscheinen einer Rezeptionistin sein Gesicht zu einem Grinsen verbreitert und dabei die Lippen zu einer überschwenglichen Begrüßung zuspitzt.

Nun ist es zehn vor zwei, wo bleibt sie? Normalerweise ist sie schon da! Nur Geduld, Junge! Sicher wird sie jeden Moment erscheinen und - „Klick!“ - wird ihr Blick mit seiner Zwei-zu-drei-Mischung von Erstaunen und ängstlich sehnsüchtiger Hingabe an meinem hängen bleiben. Und an diesem „Klick“ liegt mir sehr. Hmm, wie soll ich sagen? Beim „Klick“ lösen sich ihre Lippen voneinander, ja sie werden eine Spur feucht und dann beginnen sie sich leicht auf und zu zu bewegen, als ob sie leise ein Gebet flüstern würden. Dieser Augenblick wirbelt in mir den längst vergangenen Frühsommer hervor, mit sanften Lüften auf meinem Gesicht, hohen Himmeln über mir und einem verstaubten Feldweg vor mir - als wir auf Fahrrädern von einem Flußbad heimkehrten. Da waren wir aber keine Kinder mehr, es war kurz nach der Matura, es war schon dämmrig auf dem Feldweg und wir wußten beide, was in der Luft lag. Als ich einen etwas weiter vom Feldweg stehenden Heuhaufen auf einer Erhöhung sah, steuerte ich gleich dorthin. Sie folgte mir auf ihrem Fahrrad, nachdem sie mir nur ein nicht überzeugendes: „Was tust du? Wo fährst du hin?!“ nachrief. Wir zitterten beide „Laß mich“, flüsterte sie, dann aber leistete sie doch keinen Widerstand. Und dann? Eben: ihre vor Schmerz halb entblößten Zähne, ein paar Strähnen ins Gesicht gerutscht, den leicht schüttelnden Kopf ein wenig zurückgelehnt, dabei die feuchten Lippen wie in einem Gebet leicht aufeinander schlagend ... „Es schmerzt!“ schrie sie ein paarmal, ich versuchte sie zu beruhigen, als ihr Schrei wie aus heiterem Himmel kam: „Ein Traktor! Da! Er kommt direkt hierher! Da!“ deutete sie, den Kopf unruhig und wiederholt zur Seite gedreht. Obwohl ich auf sie besänftigend einredete, daß der Traktorfahrer uns sicher nicht bemerken würde, wir seien doch durch den Heuhaufen geschützt, stieß sie mich mit einer hastigen Bewegung von sich, zog sich den Rock an und schwang sich aufs Fahrrad. Und weg war sie. Für immer. Denn am nächsten Tag fuhr sie mit ihrer Familie auf Urlaub, und davon kamen sie nicht mehr zurück. Ich habe den ganzen Sommer auf sie gewartet, bis es sich im Dorf herumsprach, daß ihre Familie über Ungarn nach Österreich und von dort nach Amerika geflüchtet sei. Aber nun erschien mir diese Doppelgängerin von Claudia, und der Schuß von damals für meine Gymnasiumkollegin meldete sich wieder pochend in mir, als ob er sich über all die Jahre in eine Ecke meines Wesens zurückgezogen und geduldig auf eine neue Gelegenheit gewartet hätte. Ich muß also unbedingt mit dieser Doppelgängerin zu Ende führen, was ich mit ihrem Original damals auf dem Feld wegen des verdammten Traktors kaum angefangen habe! Und diesmal wird es mir gelingen! Vorausgesetzt,

Godzilla feuert mich inzwischen - Gott behüte - nicht doch! Ich muß herausfinden, was er gegen mich hat! Was wird er an dem Tag an mir bemerkt haben, als er mich das erste Mal so angeblitzt hat? Seit Tagen zerbreche ich mir den Kopf darüber.

Warte mal! Es war dies der erste Arbeitstag des Managers nach einem zweiwöchigen Urlaub. Hilft mir vielleicht das weiter? Na und! Auch wenn er deswegen vielleicht ein bißchen verstimmt war, wie halt gewöhnlich nach dem Urlaub, wieso mußte er ausgerechnet mich plötzlich ins Visier nehmen? Ich stand ganz ordnungsgemäß auf meinem Stammplatz vor der Rezeption. Nein, bei mir hat sich doch absolut nichts verändert, in meinem nächsten Umfeld in der Hotelhalle auch nicht, nicht einmal in unserem Kofferträgerteam. Lediglich an der Rezeption war die Neue gekommen. Mag sein, daß ich der Neuen, knapp bevor der Manager die Hotelhalle betrat, zugelächelt hatte, na gut, um eine Sekunde vielleicht länger, als es sich gehört, o.k. meinetwegen war in meinem Blick eine Nuance, die sich vielleicht nicht ganz in dem Rahmen des üblichen kollegialen Lächeln auflösen läßt. Aber es kann doch nichts Auffälliges gewesen sein. Und ich konnte nicht anders. Denn ihr runder Mund und dazu die herausragende, leicht am Ende ansteigenden Nase sprachen mich derart lebhaft an, als hätte ich die Claudia aus der Parallelklasse B vor mir! Ich habe mich in sie verliebt, als ich schon in der 1A und sie in der 1B war. Schon damals, als ich sie von der Volksschule unterwegs nach Hause anglotze, schaute sie weg, aber dabei wurde sie ein bißchen rot. Nein, stimmt nicht, daß ihre Nase zu groß war ... Ihre Nase war nur sympathisch frech, ein Stupsnäschen. Calin, mein Busenfreund hat nur deswegen die Sache mit der „großen Nase" erfunden, weil sie ihn nicht beachtete. Auf mich aber sah sie schon ein bißchen.

Und als die Neue bei der Rezeption mir ihre zarte, feingliedrige Hand zum Kennenlernen reichte und mir ihren Namen - Claudia! - zuflüsterte, war ich total perplex. Obwohl sie mir dann versicherte, daß sie - nein! - nicht aus Siebenbürgen, sondern aus der Steiermark stamme, ist mir seitdem schon unterwegs zum Hotel kitzelig zumute, immer wenn ich weiß, daß sie denselben Schichtdienst hat wie ich. Es liegt an dem verhinderten Schuß. Bestimmt. Aber ich werde ihn diesmal loswerden. Falls Godzilla mich inzwischen nicht feuert. Ich muß unbedingt herausfinden, woran es liegt! Denke nur nach! Was ist genau passiert, damals als er mich das erste Mal angefunkelt hat?

Godzilla kam von der Eingangstür über die Hotelhalle und, vor mir angelangt, setzte zunächst auf seinem Gesicht die übliche Muskelbewegung an, mit der er den Gruß seiner Untergeordneten erwidert. Und zwar gleichzeitige Augenbrauenhebung und Breitziehung der Lippen, wobei beide dieser Ausdehnungen nur äußerst kurz und schwach ausgeführt werden, sodaß sie jeder Eindeutigkeit eines wirklichen Gegengrußes beraubt sind. Sicherlich wären sie jemandem aus nicht unmittelbarer Nähe unbemerkt geblieben, oder man hätte die Augenbrauenhebung für eine übliche Stirnzuckung gehalten, um eine darauf gelandete Gelse zu verjagen. Und man hätte die Breitziehung der Lippen vielleicht als Aussaugen eines zwischen den Zähnen steckengebliebenen Fleischrestes vom Mittagessen genommen. Denn der Manager schaute nie auf den Kofferträger als eine bestimmte Person hin, sondern eher durch ihn hindurch, genauer gesagt auf dessen nahes Rückfeld und etwas schief nach unten, ungefähr dorthin wo - würde dieser in der Sonne stehen - sein Schatten fallen würde. Nichts anderes geschah auch damals, als er über die Hotelhalle vom Eingang kommend mir gegenüber anlangte. Er war voll dabei, meinen Gruß mit seinem abwesenden Gesichtszucken zu erwidern, dies setzte schon an, nur trat aber in seiner Entfaltung etwas wie ein Kurzschluß ein. Der Gegengruß blieb plötzlich in seiner Mitte stecken, als ob in dessen automatisches Räderwerk eine Spur Sand geraten wäre. Beim Hinblicken des Front Office Managers dorthin, wo - wäre ich in der Sonne gestanden - mein Schatten gelegen wäre, geschah etwas Ungewöhnliches: Die etwas nach oben geschobenen Bögen der Augenbrauen und die etwas seitlich geschobenen Mundecken fielen nicht gleich in die Startposition zurück, als sie den jeweils äußersten Punkt ihrer Dehnung erreicht hatten, sondern sie blieben dort hängen, als ob er beim Anblick meiner Person von einem aus heiterem Himmel gefallenen Schlag getroffen worden wäre. Das halb abwesend, halb wohlwollende Lächeln von vorhin kippte in einen Ausdruck von Überraschung um. Sein diffuser Blickstrahl, der bisher - wäre ich in der Sonne gestanden - eher meinem Schatten gegolten hätte, nahm eine bestimmte Schärfe in meine Richtung an, ja er kam direkt auf mich zu. In meiner naiven Unbekümmertheit deutete ich dies zuallererst als Zeichen von freudigem Erblicken meiner Person am richtigen Ort und in richtiger Haltung stehend. Weshalb ich, sobald ich annahm, daß sein Blick im Begriff war, sich von mir wieder abzuwenden, sogar hinüber zur Rezeption schaute, um zu sehen, ob der direkte Blick Godzillas auf mich auch der Neuen bei der Rezeption aufgefallen war. Denn derjenige, der einen direkten Blick seitens des Front Office Managers erhielt, wuchs plötzlich über sich hinaus und bekam um den Kopf - in den Augen der Kollegen - so etwas wie einen Glorienschein. Lacsi zum Beispiel sagt man nach, daß es ihm gelungen war, die von ihm seit langem umworbene Hotelschneiderin herumzukriegen, weil er in der letzten Zeit mehrmals solche direkten Blicke vom Godzilla bekommen hatte, ja im Vorbeigehen von diesem sogar mit der Nachfrage: „Alles in Ordnung?" ausgezeichnet wurde. Und ich verfolgte doch gegenüber der Neuen bei der Rezeption dasselbe Ziel wie Lacsi gegenüber der Hotelschneiderin!

Nein, nicht einmal einen Sekundenbruchteil wird damals mein Seitenblick hinüber zur Rezeption gedauert haben, denn ich konnte nicht einmal feststellen, ob der Blick des Managers auf mich auch Claudia aufgefallen war. Aber als mein hastender Blick von der Rezeption wieder auf des Managers Antlitz zurückfiel, sah ich entsetzt ein, daß ich verdammt falsch lag. Obwohl Godzilla sich um einen Schritt entfernt hatte und nun in der Linienhöhe des nächsten Kofferträgers angelangt war, ruhte sein Blick - entgegen aller Gepflogenheit - weiterhin auf mir. Und in dieser einen Sekunde, als mein kurzer Seitenblick auf Claudia schwenkte, machte der Managerblick auf mich eine merkwürdige zusätzliche Wandlung durch. Nicht nur, daß er kein Gefälle mehr nach unten hatte und nicht dort hinfiel, wo - wäre ich in der Sonne gestanden - mein Schatten gewesen wäre, sondern er blieb knapp vor dem Gesicht stehen! Des Managers Blick fiel nun zwar geradeaus auf mein Haupt, auf alle Fälle irgendwo auf den Gesichtsstreifen, dessen untere Grenze das Kinn und dessen obere Grenze der Haaransatz bilden, er fiel wuchtig wie auf eine Schießscheibe, doch brach er ein paar Millimeter davor ab. Wo genau er abbrach, kann ich eben nicht sagen, aber ungefähr dort, wo - würde ich den Kopf in eine Mikrowelle hineingezwängt haben - die gläserne Tür stünde. Dieser letzte Umschwung in Godzillas Blickstrahl, von dem Schatten knapp hinter mir weg - wäre ich in der Sonne gestanden - zum gläsernen Türlein knapp vor mir - hätte ich meinen Kopf in eine Mikrowelle gepreßt gehabt - war für mich etwas ganz Neues. Das Antlitz des Managers ist mir in den leichtesten Nuancen vertraut, obwohl seine Ausdrucksbewegungen - als erfolgreicher Manager in einem noblen Haus wie unserem - jede innige Verbindung mit entsprechenden Gemütsäußerungen längst verloren haben. Also alles, was bei den meisten Sterblichen Zustimmung oder Ärger,

Überraschung oder Zweifel signalisiert - Mundwinkel hochziehen, Stirn in Falten legen, Augenbrauen Heben, Lippen auseinander, Senken des Unterkiefers, Breitziehen des Mundes, Kopfsenken etc. -, können bei ihm nicht nur dies, sondern ebensogut das Gegenteil oder absolut nichts bedeuten. Doch wie geübt er immer als erfolgreiche Führungskraft diesbezüglich ist, die Ausdehnung und Verkleinerung der Pupillenweite kann nicht einmal er selbst willentlich bestimmen. Und genau dies geschah beim Umspringen seines Blickes vom unsichtbaren Schatten meiner Person - wäre ich in der Sonne gestanden - zu dem gläsernen Türlein - wäre mein Kopf in eine Mikrowelle gezwängt gewesen. Und heute schaute mich Godzilla wieder mit demselben Ausdruck an. Was findet er nicht in Ordnung an mir?!

DURCH UNSER DORF FUHR SOGAR DER ZUG!

Psst! Psst! Ich werde Pepe, den drei Schritte links von mir stehenden Kofferträger fragen, ob er bei mir was Anstößiges bemerkt hätte. Wenigstens er scheint heute nicht mit dem linken Fuß aufgestanden zu sein. Aus der Höhe seines Kopfes, der auf seiner über zwei Meter großen Erscheinung wie ein kleiner Blumentopf auf einer hohen Säule wirkt, fielen schon auf mich Rosenblätter einer wiederholten Grußbewegung herab. Pepe ist der einzige von uns, der keine Rodel zum Tragen von Koffern benützt. Er braucht sie auch nicht, denn er hat solch lange Arme, daß der Koffer bei ihm immer mit einem Teil am Boden gleitet. Ob er schon immer solch lange Arme hatte oder ob sie durch die Anpassung an die Arbeitsumstände im Hotel so geworden sind, als noch keine Rodel benützt wurde, ist schwer zu sagen. Es mag sein, daß eine zufällige, angeborene Abweichung von der Norm bezüglich der Armeslänge sich derart vorteilhaft in der Arbeit als Kofferträger erwies, daß er bisher am längsten im Kofferträgerteam überlebte. Natürlich, wenn - zwar selten, aber doch ab und zu - eine größere Gruppe von Gästen eintrifft und es darum geht, möglichst schnell das ganze Gepäck auf die Zimmer zu verteilen, bringt Pepes Unsitte, höchstens zwei Koffer eigenhändig aufs Zimmer zu tragen, die anderen zur Verzweiflung.

Ja, Pepe ist heute zu mir sogar ungewöhnlich kollegial! Ein „Hunderter" betrat soeben die Hotelhalle - damit werden solche Stammgäste benannt, von denen man mit Sicherheit weiß, daß sie 100 Schilling Trinkgeld geben werden - aber Pepe zog nicht, wie gewöhnlich, die Augenbrauen vor, was für uns: „Der ist meiner, klar?!" bedeutet, nein, er wandte sich unerwartet zu mir, indem er das „Ich muß kurz wohin"-Zeichen machte - dabei hob er diskret die linke Hand in die Höhe des Gürtels und senkte sie langsam nach unten, als wolle man sorgfältig eine Schüssel ausleeren. Sehr eigenartig, daß Pepe seine Blase gerade in dem Augenblick nicht mehr beherrschen kann, wenn es darum geht, einen Hunderter einzustecken! Darüber nachzudenken hatte ich aber keine Zeit, wenn ich den Vorrang nicht verlieren wollte, denn bei uns im Kofferträgerteam gilt dieselbe Regel wie im Straßenverkehr: Wenn der Kofferträger, der an der Reihe ist, nicht gleich auf den ankommenden oder abreisenden Gast zuspringt, um ihm die Koffer abzunehmen, heißt es: „Vorrang verloren!" Und nur darauf wartete Lacsi, drei Schritte rechts von mir, der schon einen Ansatz von

Leuchten in seinem matten Doppelauge erkennen ließ, denn wenn es um einen Hunderter geht, ist er imstande, auch aus dem Tod, nicht nur aus einem Halbschlaf im Dienst zu erwachen.

„Psst! Pepe! Du, Godzilla schaut mich immer wieder schief an. Siehst du etwas, das bei mir nicht in Ordnung ist?!“ Er zuckte nur mit den Schultern. Also wenn Pepe auch nichts auffiel, was konnte - verdammt nochmal! - der Manager an mir aussetzen?! Aber es konnte ebensogut sein, daß ihn nichts in meinem Erscheinungsbild störte, sondern daß er sich bei meinem Anblick nur an etwas erinnerte ... Jemand wird mich bei ihm angeschwärzt haben, vielleicht der Concierge, er muß es gewesen sein, wegen dem kleinen Vorfall an dem Tag ... ja, als ich die Neue das erste Mal hinter dem Rezeptionspult stehen gesehen habe. Die, die meiner ersten Liebe aus der 1B so ähnlich aussieht! An dem Tag habe ich wiederholt die „Herkommen-bitte!“-Zeichen des Concierge einfach nicht wahrgenommen, obwohl ich regelmäßig zu ihm geschaut habe. Ich weiß nicht, was mit mir los war. Ich war einfach nicht mehr da ... Als hätten sich, mitten im Dienst - ting! - zwei Flügel über mich gebreitet, mich weit weg von der Wirklichkeit der Hotelhalle getragen und - tong! - mitten in die Kindheit meines siebenbürgischen Heimatsdorfs fallen lassen. Eigentlich passiert mir so etwas seitdem immer wieder, wenn auch nicht so arg wie an dem Tag.

Nicht daß ich in solchen Augenblicken von dem Umfeld nichts mehr mitbekommen würde. Ich nehme absolut alles wahr, jeden vorbeigehenden Gast, jeden Kollegen, jede nur angedeutete Geste, aber irgendwie so, als würde ich sie von unten her durch Wasser betrachten. Denn sowohl die Dinge als auch die Menschen verlieren dabei ihre harten Umrisse, schrumpfen oder dehnen sich aus, schillern in wechselnden Schattierungen! Kein Wunder also, daß sie mich manchmal ein bißchen verwirren: „Good afternoon, Sir!“ Sicher weiß ich zum Beispiel, daß der gerade an mir langsam zum Ausgang schlendernde Gast mit knochigem Gesicht, dessen langer, um die Schulter geworfener Schal mich leicht streifte, einer unserer Stammgäste ist, ein Engländer, Sir Hamilton. Er bezieht, seitdem ich im Hotel bin, jedes Jahr dasselbe Zimmer, 516, das zweite rechts vom Aufzug, jeweils für die erste Novemberwoche. In dieser Zeit geht er jeden Abend aus, denn er bestellt sich Monate im voraus beim Concierge Tickets für die wichtigsten musikalischen Veranstaltungen, die in dieser Woche laufen. Es ist sicherlich Sir Hamilton, ich selber bringe ihm doch manchmal die Tickets vom Concierge aufs Zimmer und er reicht mir jedes Mal eine alte, aus dem Verkehr gezogene Zwanzigschillingmünze. Doch für den Bruchteil einer Sekunde war ich soeben geneigt, ihn für eine ... Forelle zu halten, die an mir vorbei, leicht mit dem Schwanz stoßend, ein Stück nach vorne schießt, um sich dann vom Strom wieder zurücktreiben zu lassen. Wie ich darauf gekommen bin, weiß ich selber nicht. Lag es vielleicht an seinem weißlichen, knochigen Gesicht? Auf alle Fälle verwandelte sich plötzlich das geschäftige Treiben um mich in den plätschernden Bach, der mit knorrigen Weiden gesäumt durch die Mitte meines Heimatdorfes fließt und auf dessen vereister Oberfläche wir Kinder im Winter auf den mit Hufeisen beschlagenen Absätzen rutschten, und in dem wir im Sommer barfuß umherstapften. An den Sommertagen pflegte ich mit umgeschlagenen Hosenbeinen minutenlang im Wasser zu stehen, um zu beobachten, wie die Wasserstreifen um meine nackten Beine wirbelten oder über meine eingetauchte Handfläche winzige Wasserfälle entstehen ließen. Ab und zu geschah es dabei, daß eine Forelle mein Bein für einen Holzpfahl hielt und mit dem Schwanz daranstieß oder sogar zubiß. Seltsam, daß mir ganz kurz der vorbeigehende Sir Hamilton als eine dieser Forellen von damals erschien.

So ähnlich war es damals, als ich das „Herkommen"-Zeichen des Concierge lange nicht merkte, obwohl sein gewöhnlich diskretes Mienenspiel sogar eine bestimmte Dramatik aufwies, denn seine Augen rollten wiederholt in die Höhe und seine Zunge hing ein bißchen heraus. Und als ich schließlich den Gesichtsausdruck des Concierge merkte, hielt ich ihn für den meines Busenfreundes Calin, dessen Haus gleich neben unserem stand.

Wer war das, Calin? Der Kumpel meiner Jugendstreiche, besser gesagt der Anstifter derselben und mein bester Freund. Vor kurzem fand ich beim Herumwühlen in einer Kiste bei meinen Eltern ein Foto von ihm und mir: ein schwarzweißes Bild auf hartem Papier mit gezacktem Rand. Wir stehen da beide mit herausgereckter Brust, in kurzen Hosen und den Arm um die Schulter des anderen gelegt. Zwei naiv zuversichtliche Glatzköpfe - das Haar wurde uns Kindern im Sommer abrasiert, damit uns unsere Mütter den schmutzigen Kopf leichter waschen konnten. Denn unsere Spielplätze waren die Hügel und Wälder, die das Dorf umgaben, der Pferdestall und die Pfützen auf den Straßen. Der Vater von Calin war Arzt und somit einer der wohlhabendsten in unserer kleinen Ortschaft. Eigentlich war unser Dorf nicht einmal so klein, denn immerhin hatten wir auch einen Bahnhof, was viele Ortschaften nicht aufweisen konnten. Auf den Bahnhof waren wir sehr stolz. Damit prahlten wir gerne, wenn zum Beispiel Besuch aus der Umgebung zu Nachbarsfamilien kam. Wir fragten dann wie nebenbei:

„Bist du etwa mit dem Zug gekommen?“, auch wenn wir wußten, daß das nicht möglich war, und freuten uns, wenn die erwartete, ein bißchen verlegene Antwort kam:

„Nein, mit dem Fuhrwerk mit meinem Vater, denn bei uns fährt der Zug nicht durch.“

„Macht nichts!“, erwiderten wir mit einem verständnisvollen Blick: „Komm mit, wir zeigen dir den Zug!“

Der Zug bedeutete für uns so viel, daß wir nicht sagten „es ist gut“ oder „es ist mir recht“, sondern „es ist Zuug!“. Und wenn wir uns miteinander stritten, bedrohten wir einander: „Ich hau dir eine runter, daß du glaubst, eine Lok hat dich erwischt!“

Mag sein, daß mein Pendelblick ein- oder zweimal das „Herkommen“-Zeichen des Concierge nicht wahrgenommen hat, wenn er aber eigentlich ein bißchen geduldig gewesen wäre, hätte ich es bemerkt. Aber so begann er sich komisch aufzuführen, denn ich sah plötzlich jemanden vor mir, der sich unheimlich witzig aufführte. Ach so - dachte ich - das ist bestimmt Calin, er will mich wieder zum Spiel „Wer ist der Häßlichere von uns beiden!“ herausfordern! Das macht er immer wenn es ihm bei den Hausarbeiten fad wird: Er pfeift mir vom Fenster seines höheren Hauses zu, und nachdem ich das Fenster meines Zimmers geöffnet habe, schneiden wir einander zum Spaß allerlei Grimassen. Nun warte mal, Calin, ich zeig's dir gleich: Ich ziehe die Mundwinkel mit den Fingern breit auseinander und drehe dabei die Augen im Kopf mit beträchtlicher Geschwindigkeit. Nun - merkwürdig! - reagiert Calin darauf nicht auf die bekannte Weise, nämlich ins Lachen auszubrechen, sondern setzt einen ziemlich grimmigen Ausdruck auf. Ach so, na gut, den Bösewicht kann ich auch spielen, also ziehe ich mit der rechten Hand die Haut unter den beiden Augenhöhlen weg, während ich mit der linken Hand die Nasenspitze stark nach oben drücke und dabei die Zähne fletsche. Diese Grimasse hatte ich mehrmals vor dem Spiegel ausprobiert, und sie wirkte so schrecklich, daß ich mich vor mir selbst zunächst fürchtete. Wieso bricht Calin noch nicht in wieherndes Lachen aus? Und wer - verdammt - hat mich kräftig von hinten geschubst?! Das muß meine Schwester gewesen sein, na warte nur, ich werde mich gleich an deinen Zöpfen vergreifen!

Erst dann merkte ich, daß ich nicht beim Fensterstock meines Elternhauses stand und der, dem ich gerade drollige Gesichter schnitt, nicht Calin, sondern der Concierge war. Der Schubs war nun wirklich ein Schubs, und kam von Crisna, meinem Inderkollegen, er wollte mich damit aus der Träumerei aufrütteln. Ich lief schnell zum Concierge, mir dabei die Wangen kräftig massierend.

„Entschuldigen Sie", flüstere ich ihm zu, „aber ein Zahn quält mich furchtbar!"

Ich hatte damals den Eindruck, daß der Concierge meine Erklärung annahm. Und was, wenn er mich doch beim Godzilla verpetzt hat!? Dem würde das schon reichen, um mich hinauszuekeln. Und was wird dann mit mir passieren? Womöglich dasselbe, was Viktor geschah, der vor einigen Jahren noch in unserem Haus arbeitete.

DER SANDLER VIKTOR

Ich habe ihn sogar heute gesehen, als ich mir einen abreisenden Gast mit zwei Koffern gefischt habe und ihn zum Taxi vor dem Hoteleingang begleitete. Nachdem ich die Koffer in den Kofferraum gegeben hatte, sah ich auf dem gegenüberliegenden Gehsteig Viktor vorbeigehen. Ein Schauder lief mir über den Rücken - nein, ich möchte mit ihm nicht tauschen! Nein. Ich muß mich unbedingt in den Augen von Godzilla wieder rehabilitieren, solange es nicht zu spät ist!

Viktor geht täglich mit hängenden Schultern zum gegenüberliegenden Stadtpark, wo er sich mit anderen Sandlern trifft. Er zieht mit einer Plastiktasche in der Hand, aus der Flaschen herausragen, auf der anderen Straßenseite vorbei, ohne herüberzublicken. Nur vom Park her, hinter einem herabhängenden Zweig oder Gebüsch stehend, schaut er immer wieder zum Hoteleingang herüber. Auch wenn ich ihm auf der Straße begegne tut er so, als ob er mich nicht gesehen hätte, und ich bin eigentlich froh, seinem Blick nicht ausweichen zu müssen.

Zu der Zeit, als wir Kollegen waren, fand ich ihn überhaupt nicht sympathisch. Zu Beginn meiner Arbeit im Hotel stürzte einmal meine Rodel voller Koffer mit einem fürchterlichen Krach mitten in der von leiser Musik erfüllten Hotelhalle um. Statt mir zur Hilfe zu eilen, grinste er vielsagend, als ob so etwas meinerseits zu erwarten gewesen wäre, und verschwand dann ins Kofferzimmer. Es stimmt, aus dem Überschwang des Anfängers habe ich zu viele Gepäckstücke auf die Rodel gegeben, denn ich hatte keine Ahnung, daß zum Koffertragen so etwas wie eine Technik notwendig ist. Ich bin an die Sache mit dem „Kofferaufladen" nach Gefühl herangegangen: an der Basis die ganz schweren Koffer, die mittelschweren darauf und die leichteren Damenrucksäcke oder Einkaufstaschen ganz oben. Die Griffstangen hielt ich möglichst nach unten und ich schritt hinter der Rodel mit geradem Rücken und angewinkelten Beinen langsam, sodaß die schön aufgestapelte Pyramide nicht rutschte. Wer würde es anders tun?! Erst nach ein paar Umstürzen mußte ich feststellen, daß sowohl beim Aufladen als auch beim Steuern der Rodel das Gefühl kein guter Ratgeber ist. So habe ich angefangen, die Kunst des Umgangs mit der Rodel von den dienstälteren Kollegen abzuschauen. Heute weiß ich natürlich, daß nicht nur das Gewicht, sondern auch das Material der Kofferwände berücksichtigt werden muß. Ist dies hart und glatt, darf der

Koffer auf gar keinen Fall unten gelegt werden, denn dann haften die darauf liegenden kaum, und bei der ersten Türschwelle fällt alles hinunter. In diesem Fall stellt man die Koffer dicht nebeneinander, sodaß sie gepreßt zwischen den zwei Lehnrahmen der Rodel stehen, und erst darüber legt man fein säuberlich das restliche Gepäck.

Aus dem anfänglichen Staunen, daß volle Rodeln nicht möglichst weit unten, sondern fast aufrecht und mit großer Geschwindigkeit geführt werden müssen, bin ich auch schon lange heraus. Denn inzwischen weiß ich, daß dadurch die Türschwellen oder andere Erhebungen auf dem Boden leichter zu überfahren sind. Und weiters kann man so vermeiden, daß das Gewicht sich auf die Arme und Oberschenkel verlagert und - wenn man im Schneckentempo vorwärtskommt - Beine und Hände ermüden. Nun kann ich auch ziemlich schnell mit der Rodel unterwegs sein, selbst wenn ich die Leistung meines Exkollegen Viktor vielleicht nie erreichen werde. Ich meine damals, als er noch kein Sandler, sondern stolzer Kofferträger bei uns war. Als Godzilla nicht im Haus war, machte er gelegentlich eine Demonstration mit der Rodel. Er nahm einen Anlauf, sprang dann auf die rückwärtige Stütze der zweirädrigen Rodel und legte so darauf stehend beinahe einen halben Hotelgang zurück, als ob er auf einem Skateboard wäre. Das erste Mal, als ich einen Kofferberg mit einer flatternden Haarsträhne darüber auf mich zurollen gesehen habe, habe ich mich schnell an die Gangwand gedrückt, damit er mich nicht überfährt. Er zischte aber nur leicht an mir vorbei, zwischen den Zähnen eine heitere Melodie pfeifend, und schaffte sogar zu meinem Erstaunen das Gangeck ohne auszusteigen, indem er sich geschickt, wie ein Gondelführer, mit einem Fuß an der Gegenwand abstützte.

Ich war damals Anfänger und meine Bewunderung für sein Können war groß. Um so mehr hatte mich seine Schadenfreude gekränkt. Viktor stand gerade vor dem Eingang und grinste übers ganze Gesicht, als meine Rodel umkippte und alle Koffer auf den Marmorboden der Hotelhalle fielen. Und ohne mir beim Wiederaufladen zu helfen, begab er sich in den Kofferraum. Nein, niemand ist mir eigentlich damals zu Hilfe gekommen. Ein dicker, mit einer Zigarette an der Bar sitzender Gast, klatschte in die Hände. Ja, Viktor grinste damals schadenfroh und das konnte ich ihm nicht vergessen. Er dachte sich wohl, ich sei einer der vielen Neuen, die bestimmt nicht länger als ein paar Wochen oder Monate durchhalten würden. Dem harten Kern von dienstälteren Kofferträgern, dem auch Viktor angehörte, war danach, dem Manager zu zeigen, daß die Neuen den Anforderungen dieses Jobs nicht gewachsen wären. Denn je weniger Kofferträger, desto mehr Trinkgeld pro Kofferträger. Und wenn sie an einem Neuen wie ich merkten, daß er alles daransetzte, dort Wurzeln zu schlagen, und ihm das sogar zu gelingen schien, begannen sie ihm den Boden unter den Füßen heiß zu machen. Denn ich habe gleich gespürt, welche subtilen Anforderungen Godzilla an uns hat, und habe mich ihnen geschmeidig angepaßt. Dem Concierge war auch nicht entgangen, daß ich mich in den romanischen Sprachen zurechtfinde und ihm gerne behilflich war. Deswegen galt es nun für die dienstälteren Kofferträgerkollegen, jede meiner Ungeschicklichkeiten hochzuspielen. So auch Viktor, damals, als meine Rodel in der Halle umkippte und das viele Gepäck mitten in der Halle umherlag. Über sich selbst machte sich Viktor offensichtlich keine Sorgen, denn er war seit zwanzig Jahren im Haus. Und doch hat gerade ihn Godzilla von einem Tag auf den anderen gefeuert.

Viktors Verderben kam von einem Lachen, eigentlich von einem Mitlachen. Mir ist schon längst aufgefallen: Jedesmal wenn der General Manager sich mit einem Gast oder mit einem hohen Hausangestellten aus der oberen Etage in der Halle bei einem Plausch aufhielt, stellte sich Viktor wie zufällig in ihre Nähe und nicht, wie wir alle, in gebührend respektvoller Entfernung. Und so, kaum einen Schritt von ihnen entfernt, wandte er ihnen immer wieder das Gesicht zu, und kurz darauf war bei ihm dieselbe Mimik abzulesen wie bei den dort stehenden Vorgesetzten. Er verhielt sich, als ob er eigentlich ein gleichgestellter, nur etwas zurückgezogener Gesprächspartner in diesem Plausch wäre. So fletschte er die Zähne und riß den Mund auf, als ein Lachen bei den Vorgesetzten ausbrach, runzelte die Stirn und spitzte die Lippen, als er von ihnen einen kritischen Kommentar über einen abwesenden Dritten vernahm, nickte dauernd mit dem Kopf, stieß sogar kaum hörbare Gaumenlaute hervor, wiederholte vor sich hin im Gespräch der Chefs gefallene Satzteile. In den ersten Wochen meiner Arbeit glaubte ich beinahe voller Neid, daß sein Mitmachen an diesen Unterredungen niemanden störte, eben weil er ein langgedienter Mitarbeiter des Hauses war. Als ich aber einmal während einer solchen Unterredung zwischen den Hausbossen kurz zum Lift eilte, um einer älteren Dame im Rollstuhl beim Einsteigen behilflich zu sein und dann auf meinen Stammplatz zurückkam, erfaßte ich Viktors Gesicht aus einem anderen Blickwinkel. Vom Lift aus merkte ich erstaunt, daß eigentlich auf der Gesichtshälfte Viktors, die den Managern zugewandt war, kaum oder nur in sehr schwacher Form das abzulesen war, was ich von der Warte meines Stammplatzes aus auf der anderen Gesichtshälfte erkennen konnte!

Eines Tages war es Godzilla, der mit anderen Abteilungsleitern dort in der Halle im Kreis stand und sich mit diesen über einen gerade zu Ende gegangenen hohen Besuch unterhielt. Von seiten Godzillas, als einem der Mächtigsten im Haus, kamen immer wieder witzige Bemerkungen, worauf die Abteilungsleiter in ein helles Gelächter ausbrachen, das etwas von dem Geschnatter einer Gänseschar am Bachufer an sich hatte.

Dieses Mitlachen in der Hotelhalle war nur für die Manager bestimmt, als ein Zeichen der Zugehörigkeit zu einer höheren Hierarchieebene. Obwohl sie räumlich nun in unmittelbarer Nähe anderer Hausbediensteter standen - Kofferträger, Rezeptionistinnen, Pagen, Kellner an der Bar - waren sie von diesen durch einen tiefen, unüberbrückbaren Graben getrennt: eben das laute Mitlachen unter sich. Dieses Mitlachen im Kreis inmitten der Hotelhalle hatte gleichzeitig etwas von der Silhouette eines schön beleuchteten Riesenrades, das sich majestätisch von den unzähligen in der Dunkelheit untergetauchten Dächern abhob. Ja, jeder dieser Abteilungsleiter wirkte wie einer der festlich geschmückten Waggons dieses Riesenrades, die sich in den hohen Lüften drehen. Nur diesen beleuchteten Waggons war die Schrägebene vorbehalten, die vielen kleinen Räder des verzahnten Getriebes im Kellergeschoß hatten stumm in der Finsternis der Horizontalebene und im flotten Gang zu bleiben. Denn ohne das souveräne Drehen da oben im Himmel ihrer hohen Managerpositionen würde der ganze Betrieb da unten still bleiben oder durcheinandergeraten: Betten aus den Zimmern, Bartische und Computerbildschirme des Büros würden durch die Luft schwirren, Gäste womöglich in die Lüftungsanlage geraten, Küchenschaben sich überall einnisten, Ratten würden auf den Tellern herumtanzen. Aber dies lassen sie nicht zu, die Manager in der oberen Etage unseres Hotels. Nein, nein! Und deswegen ist es nur ihnen erlaubt, im Kreis inmitten der Hotelhalle zusammenzustehen und mitzulachen, während alle anderen Hausangestellten unten möglichst unscheinbar zu sein haben.

Viktor war nur eines dieser ineinandergreifenden unzähligen Räder, die sich ganz unten drehten. Aber er sah dies nicht mehr so. Ja, die Stelle eines Kofferträgers in einem Luxushotel ist verflucht. Tagein, tagaus hinter der Bühne die Requisiten und Kulissen der Wohlhabenden zu bewegen, ihre feine Ausdünstung zu spüren, familiär mit ihren Ritualen und Tricks zu werden, all dies läßt in Kofferträgers Seele die Knospe eines Zugehörigkeitsgefühles wachsen. Und mit der Entstehung dieses Gefühls lauert schon in der Kofferträgerphantasie die verhängnisvolle Illusion, daß er dem einen oder anderen Manager ebenbürtig sei. Warum also soll Viktor bei diesem Zusammentreffen der Manager in der Hotelhalle nicht mitlachen? Er ist doch um Jahre länger im Haus als mancher der dort versammelten Manager und verdient mit dem Trinkgeld nicht weniger als mancher, der bestimmt, um nur ein Manager zu sein, sich auch mit weniger Bezahlung zufrieden gibt. Er konnte schon mit seinen überall hinführenden Beziehungen erfahren, was mancher Manager verdient. Schau dir nur die Schuhe des Managers von Food & Bavarege an: die abgetretenen Absätze verraten doch ihr vorgerücktes Alter. Er, Viktor, trägt italienische aus feinem Nappaleder, Schuhe mit dicken Sohlen, in einer Boutique der Ringstraßengalerien gekauft, wo er als Stammkunde sogar zehn Prozent Rabatt bekommt. Und sein BMW auf dem Parkplatz des Hauspersonals wirkt neben dem Wagen des Prokuristen wie eine reizende Prinzessin neben einem klapprigen Frosch. Wieso soll er diesem nicht ebenbürtig sein?! Der Größenwahn wurde bei Viktor in der letzten Zeit immer stärker, er pflegte sogar den Putzfrauen vom House Keeping oder eben einem neuen Kofferträger Anweisungen zu erteilen oder machte sogar versteckte kritische Bemerkungen. Und zwar genau auf die Weise, wie es Godzilla tut. Er preßte sich zum Beispiel die Nasenflügel mit den Fingern zusammen, um mich auf einen vollen Aschenbecher in einer Hotelhallenecke aufmerksam zu machen, anstatt daß er ihn gleich selbst wegräumte. Oder er strich mit den Händen die Anzugsweste entlang, um mich aufmerksam zu machen, daß der Anzug von einem getragenen Gepäck einen Knick hatte. Oder er spitzte die Lippen, als ob er gegen etwas anhauchen würde, um darauf aufmerksam zu machen, daß er irgendwo auf einem Spiegel oder auf einer Armlehne eine Staubspur gesehen hatte. Immer öfter, wenn er von einer Rezeptionistin oder vom Concierge mit einem „Herkommen!"-Zeichen zu einem Auftrag beordert wurde, tat er so, als ob er das Zeichen nicht gesehen hätte, und begab sich in den Kofferraum, wo er ein paar Augenblicke verweilte, bis ein anderer Kofferträger an seiner Stelle gerufen wurde.

Die Wolken sammelten sich am Horizont, aber Viktor vermochte sie nicht zu erkennen. So auch am Tag seiner Kündigung. Da postierte sich Viktor wieder in der Nähe dieses Managerkreises in der Mitte der

Hotelhalle und zog in Übereinstimmung mit ihnen entsprechende Grimassen. Der Concierge versuchte Viktor aus der offensichtlich bevorstehenden Gefahr mit Auftragszeichen zu retten, aber Viktor stellte sich blind, er war derart von der Managerunterhaltung gefangengenommen, daß er alles andere schlichtweg ignorierte. Ja, Viktor war weit weg, er war nicht mehr das kleine Rädchen im Getriebe dieses noblen Hauses, er hielt sich nun für einen jener Flügel, die sich da oben in den Lüften langsam und majestätisch drehten. Und als die Manager auf eine heitere Bemerkung Godzillas hin in eine Lachfanfare ausbrachen, mischte Viktor kräftigst mit, die anderen sogar übertönend. Und als ob das nicht genug wäre, wandte er sich ihnen zu und klatschte zustimmend in die Hände. Godzillas Gesicht muß sich augenblicklich verfinstert haben, denn die Lachfanfare brach abrupt ab, wie ein Chor bei einer vom Publikum nicht wahrnehmbaren unerwarteten Bewegung des Dirigentenstabes. Nur Viktors Gelächter schallte weiter in der Hotelhalle, er sah nicht, wie ihn nun alle in der Halle betroffen anstarrten.

Am nächsten Tag war der Viktor nicht mehr da, denn wenn Godzilla jemanden kündigte, verzichtete er auf die Einhaltung der Kündigungsfrist. Doch nach etwa einer Woche tauchte Viktor immer wieder auf den Hotelgängen oder in den Personalräumen im zweiten Kellergeschoß auf, unterhielt sich gelassen mit einem Zimmermädchen oder Pagen, bediente sich beim Kaffeeautomaten, als ob er im Urlaub wäre und sich zu Hause langweilte. Er erschien immer wieder zu den Zeitpunkten, wo Godzilla abwesend war, das heißt wenn dessen Auto nicht auf dem für ihn reservierten Platz hinter dem Hotel stand. Doch jemand wird Godzilla benachrichtigt haben, wahrscheinlich sein ergebener Auskundschafter Lacsi. Denn eines Tages sah ich, wie der kleine Securityman Viktor am Kragen festhaltend zum Ausgang beförderte. Viktors Gesicht war dabei in einem breiten Grinsen erstarrt, als wäre dies alles nur ein Spaß des Securityman, mit dem er sich doch immer gut verstanden hatte. Viktor war mir - wie gesagt - nie sympathisch, doch als er nun durch die Halle vor allen Leuten hinausgeworfen wurde, da spürte ich ein Würgen in der Kehle.

Danach ist Viktor nicht mehr erschienen und ich habe ihn vergessen. Bis etwa vor einem Jahr, da rief mich der Wagenmeister hinaus und zeigte mir einen Sandler mit einer Plastiktasche in der Hand auf der gegenüberliegenden Straßenseite vorbeiziehen.

„Ist das nicht Viktor?!“

„Der? Nein! ... Wieso?! Viktor war doch immer wie aus dem Ei gepellt, aufrechter stolzer Gang, frisch gewaschenes Haar, schick angezogen. Der da drüben, im abgetragenen grauen Mantel, unrasiert, mit zerzaustem Haar und hängenden Schultern, der ist doch ein Sandler! Und Viktor hatte keine Brille, schon gar nicht eine solche altmodische, dunkle mit dickem Rahmen ... Oder etwa doch?! Du meine Güte, er ist es wirklich! Was ist nur aus ihm geworden!"

Viktor geht immer wieder am Hotel auf der anderen Straßenseite vorbei, ohne herüberzuschauen, außer von dem gegenüberliegenden Park her, hinter einem herabhängenden Zweig oder einem Gebüsch versteckt. Wir tun auch so, als ob wir ihn nicht sehen würden. Vor kurzem habe ich doch noch etwas von ihm erfahren. Beim Personalausgang sprach mich vor kurzem ein Sandler an. „Entschuldige, bist du Kofferträger hier im Haus? Ja? Schau ... es gibt einen von uns, weißt du eh, der heißt Viktor. Der macht sich wichtig mit einem Heft voll Autogrammen von Prominenten: Rudi Carell, Anthony Quinn, Udo Jürgens, Joe Cocker, Erik Klapton, Gina Lollobrigida. Er sagt, alle seien eigenhändig echt. Er hat sie von ihnen direkt bekommen, als er in diesem Hotel gearbeitet hat. Aber es glaubt ihm niemand. Märchen, gelt?"

„Doch", bestätigte ich dem Sandler, „doch, das ist wahr!", und ich ließ ihm sogar einen schönen Gruß ausrichten. Was wird mich dazu bewogen haben? Eine Vorahnung? Daß ich vor Godzilla auch eines Tages in Ungnade fallen werde? Daß er mich vielleicht auch ... Gott behüte!

DER KLEINE BUB

Schau her, wer da kommt: Florian! Der vierjährige Bub ist mit seinem Vater aus dem Lift in die Hotelhalle getreten, hat sich vor mich hingestellt und mustert mich von Kopf bis Fuß. Ich schaue über ihn hinweg, den Horizont vor mir hin und her streifend, dem Blickkontakt mit ihm beharrlich ausweichend. Nein, tut mir leid, Florian, heute werden wir kein „Blickversteck" spielen. Zu riskant! Godzilla kann wieder irgendwo in der Nähe auf der Lauer liegen. Florian starrt mich nun verständnislos an wie einen Spielkameraden, der sich aus einer Laune heraus plötzlich ziert, das angefangene Spiel fortzusetzen.

Auch gestern hielten sich ungefähr zu diesem Zeitpunkt Vater und Sohn in der Halle vor dem Eingang auf, um auf jemanden zu warten. Florian hielt die Hand seines Vaters - mal mit der ganzen Handoberfläche, mal nur mit einem Finger -, schwang die Beine hin und her, schritt mal vor, mal hinter seinem Vater, um ihn herum, so weit dessen zum Äußersten verdrehter Arm es nur möglich machte. Der Vater war dabei in ein Gespräch mit einem Bekannten vertieft. Nicht einmal, wenn der Bub sich von der Hand losriß, um eine Drehung auf dem Schuhabsatz zu vollführen, schaute ihm der Vater nach, sondern er streckte nur geduldig den Arm weiter aus. Florians Hand begann nach einer Weile - obwohl er Rücken an Rücken zum Vater stand und anderswohin blickte - langsam wieder zurückzugleiten, mit suchenden Bewegungen herumzutappen, um dann, auf Vaters leicht gebogenen Finger stoßend, dahinein zu schlüpfen wie ein neugeborenes blindes Küken unter die Flügel seiner Mutterhenne. Auf einmal stieß sein neugieriges Auge auf mich, musterte mich von oben bis unten, hielt länger bei den hellroten seitlichen Hosenbändern, glänzenden Sakkoknöpfen, mit Fransen versehenen Schulterklappen jeweils eine Weile inne, stieg weiter auf und stieß auf meinen ihn beobachtenden Blick. Ich zwinkerte ihm zu. Er war einen Augenblick verlegen, dann machte er einen Schritt zurück, schmiegte sich an Vaters Hüften, um sich dahinter zu verstecken. Der Vater wird so etwas wie ein „SOS" empfunden haben, denn er schaute sich nun um, erblickte meinen leuchtenden, verschmitzten Blick auf seinen Buben, lächelte beruhigt und wendete sich wieder dem Gesprächspartner zu, um das Geplauder fortzusetzen. Der Bub wird ebenfalls das „O.K.-guter Mensch"-Signal seitens seines Vaters empfangen haben, denn nun, obwohl er Vaters Hüften mit beiden

Händen umklammernd hielt, reckte er langsam den Kopf und schaute neugierig zu mir hervor.

Ich schaute nun weg, doch mit meinem „Blick unter der Dachrinne“ konnte ich verfolgen, wie er zunächst nur mit einem Fuß, dann mit dem ganzen Körper hinter dem Vater hervortrat, mich stets gespannt anstarrend. Da wendete ich den Kopf unerwartet zu ihm hin, mein zuzwinkender Blick erfaßte ihn voll, worauf er wieder mit einem fröhlichen Kichern die Flucht hinter Vaters Hüften antrat. So, nun stand einem spontanen „Blickversteck“-Spiel nichts mehr im Wege. Mein Blick schweifte wieder in die Ferne, er reckte wieder den Hals zögernd hervor, spähte eine Weile auf mich, bevor er sich dann langsam wieder hervortraute. Immer wieder verriet ich im voraus die nächste Kopfschwenkung, damit er sich rechtzeitig verstecken und es zum Spielausgleich kommen konnte. Das Spiel war voll im Gange, ich war gerade dabei, nachdem ich ihm einen Vorsprung gelassen hatte, ihn erneut zu überrumpeln, als ich im Nacken so etwas wie das schaurige Zischen eines kalten Reptils vernahm.

„Das ist aber kein Kindergarten!“

Woher Godzilla auf mich zukam, weiß ich nicht! Was blieb mir anders übrig, nun da er mich voll beim Spielen mit Florian erwischt hatte, als mich mit einem reumütigen Gesichtsausdruck und gleichzeitig gesenkten Kopf zu entschuldigen. Ob er recht hat oder nicht, in jedem Fall hatte seine Zurechtweisung als berechtigt angenommen zu werden. Also lieber duckt man sich wie ein kleiner Hund, der beim Heranlaufen eines Mächtigeren auf der Straße sich niederläßt und ein Paar Tröpfchen Urin abgibt.

Nein, Florian, heute gehe ich dieses Risiko nicht mehr ein. Denn wenn mich Godzilla wieder ertappt, gibt es keine Gnade mehr.

Der Vater nimmt nun Florian ein paar Schritte weiter von mir weg. Der Bub schaut mich im Gehen fragend und vorwurfsvoll an, so als dächte er:

„Was habe ich dir getan, daß du mit mir nicht mehr spielen willst?!“

Nein, Florian, dich trifft keine Schuld. So geht es halt in der Welt der Erwachsenen zu! Der Manager erlaubt einem Kofferträger nicht mit dem Kleinkind eines Hotelgastes „Augen Versteck“ zu spielen, auch wenn in der Halle nichts zu tun ist. Warum? Nur er als Front Office Manager darf sich dieses Recht herausnehmen, mit uns zweimal pro Woche von der Loggia im ersten Stock das „Ausspionieren der Mitarbeiter“ zu spielen. Und bei seinem Versteckspiel müssen wir alle dort in der Halle - Kofferträger, Rezeptionistinnen, Securitys, Pagen - die wissentlich nicht wissenden Figuren darstellen!

Oder vielleicht hätte Godzilla im Prinzip nichts dagegen, er wird mich doch nicht zum ersten Mal dabei beobachtet haben, einem Buben oder einem kleinen Mädchen eines Kunden in der Halle zuzuzwinkern. Aber seitdem er mir schlecht gesonnen ist, versäumt er keine Gelegenheit, mich über die Klinge springen zu lassen.

Ihn selbst habe ich nie einem Kleinkind in der Hotelhalle zulächeln sehen. Wie sagte mir Onkel Costan, als ich als Gymnasiast in den Sommerferien auf der Alm aushalf, Kühe zu hüten?

„Die Menschen sind wie manche Pilze, auf den ersten Blick schwer voneinander zu unterscheiden. Willst genauer über einen Bescheid wissen, versuche ihn dir mit einem Kleinkind spielend vorzustellen!"

Nein, so ein Bild will in meiner Phantasie beim besten Willen nicht zustandekommen. Denn dann müßte Godzilla lächeln und zwar auf eine ganz natürliche Weise, bei den Kindern zieht nämlich das Lächlen nicht, das er zum Beispiel aufsetzt, wenn der Generaldirektor alleine oder in Begleitung eines hohen Gastes in der Hotelhalle erscheint. Zwar ist die Ausdehnung seiner Mundlippen doppelt so breit wie bei seinem gelegentlichen Erwiderungsgruß uns Kofferträgern gegenüber, sogar ein Lichtstrahl erhellt seine Züge, aber dieses Licht entbehrt jeder Wärme. Das „Ha, ha, ha" ist nur ein knarrendes Gelächter, eine Art Gaumenlaut, der sich wie ein Wagenmotor anhört, der im Winter nicht anspringen will. Natürlich erlebt der Stammgast Godzillas Empfang anders als ich, er lächelt dabei ganz vergnügt, als ob des Managers Blick lange zarte Finger entsprängen, die sich um seine Hoden schlängeln würden. Unglaublich, was es heißt, Topmanager zu sein! In der letzten Zeit hatte ich doch öfter die Gelegenheit darüber zu staunen. Derselbe Blick kann innerhalb einer einzigen Kopfdrehung, im Bruchteil einer Sekunde und ohne wesentliche Änderung der Gesichtszüge - von der Stelle aus, wo der Stammgast steht, zu der Stelle hin, wo ich stehe - eine wunderliche Zurückverwandlung durchmachen: vom „Hoden streichelnden Blick" wird er ein „eiserner Terminator-Blick"! Zwar etwas wie zugewachsene Finger bleiben darin bestehen, die sind aber nicht mehr die warmen, zart streichelnden Finger von vorhin, sondern Krallen, die mich am Kragen packen und kräftig durchbeuteln.

Nein, Florian, ich spiele nicht mehr mit dir! Nein, ich werde meinen Pendelblick von der vorgeschriebenen Bahn nicht mehr abweichen lassen, um ihn auf dich zu richten. Nein, auch wenn ich es noch so sehr möchte! Na endlich hast du verstanden! Nun blickt Florian in Richtung Bar auf der Suche nach einer Spielgelegenheit oder etwas Lustigem, die Hoffnung, mich zu einem erneuten „Blickversteck-Spiel“ zu gewinnen, hat er offensichtlich aufgegeben. Nun hat er dort - was ich mit meinem „Blick unter der Dachrinne“ sehen kann - eine alleine sitzende Dame entdeckt, die ihn durch etwas anzuziehen scheint. Die Dame lächelte ihn kurz an. Er ist einen Augenblick verlegen, seine kleine Hand gleitet wieder zurück empor, tappt kurz herum, um, sobald sie auf die gebogenen Finger der ausgestreckten, geduldig wartenden Hand seines Vaters gelangen, gleich hineinzuschlüpfen. Dieses gegenseitige stumme Suchen und Finden der beiden Hände läuft so ab, als ob diese Hände eigentlich nicht zwei unterschiedlichen Lebewesen, Vater und Sohn, angehörten, sondern einem einzigen. Eine leichte Wehmut steigt in mir bei diesem Anblick auf.

Für eine kurze Weile wich sogar in meinem Kopf die feine Hand von Florians Vater mit der steifen weißen Manschette hier in der Hotelhalle einer anderen: einer größeren und rauhen, von Wind und Hitze abgehärteten Hand. Es ist die Hand meines Vaters, des Hirten aus Siebenbürgen, an die ich mich als Bub klammerte, nachdem ich ihn auf dem Dorfweg von der Arbeit nach Hause kommend in der Ferne erblickte und ihm entgegengelaufen war. Knorrig, hart und von lauter Ritzen durchfurcht war seine Handfläche, sogar winzige Partikeln von Erde, Steinchen und abgebrochenen Dornen blieben darin haften, auch nachdem er sich am Brunnen die Hände mit Seife und Sand lange abgescheuert hatte. Was hat nicht alles Spuren darin hinterlassen! Waldflächen, die unter seinem Beil gefallen sind, Wiesen, die unter den Schwüngen seiner Sense abgemäht wurden, unzählige schwere Schubkarren, die von ihm geschoben wurden, eine Unmenge von Kühen, die zweimal am Tag gemolken wurde! Kein Wunder, daß mein Vater die Töpfe mit kochendem Wasser von der Herdplatte mit blanken Händen wegstellte und auch im kältesten Winter keine Handschuhe trug!

Nein, an keinem seiner Finger hatte mein Vater einen Ring wie Florians Vater hier in der Hotelhalle, der nun eine Füllfeder aus einer Westentasche nahm und seinem Gesprächspartner in dessen vorgehaltenes Adreßbuch etwas eintrug. Eine Füllfeder trug mein Vater auch nicht mit sich herum. Und zur Unterzeichnung der Gehaltsbestätigung brauchte er mit der Füllfeder des Kassierers eine gute halbe Minute. Er ließ sich dafür

Zeit, zur Verzweiflung des Kassierers, der - angesichts der langen Schlange wartender Bauern - meinen Vater vergeblich drängte, er solle einfach einen angefeuchteten Fingerkuppen in die Höhe seines Namens auf die Liste setzen. Mein Vater ließ sich aber davon nicht beeindrucken, es ist niemandes Sache, wie er seine Gehaltsbestätigung unterzeichnet! Er begann im Stehen, den linken Ellbogen auf ein Fensterbrett abgestützt, wo die Gehaltsauszahlung erfolgte - das einzige, was er kalligraphieren konnte: seinen Familiennamen, Purdea. Das tat er voller Konzentration, indem er die Zungenspitze am rechten Mundwinkel leicht herausstreckte und den Kopf zur linken Seite neigte. Als er damit fertig war, beugte er den Kopf nach hinten, betrachtete seine Unterschrift noch einmal, dann beugte er sich wieder über das Blatt Papier, um einen Buchstaben um ein Stückchen zu verlängern, mit einem Schnörkel zu verzieren oder einen Teil davon nachzuziehen. Besondere Aufmerksamkeit schenkte er dem Anfangsbuchstaben P, auf dessen Schönschreiben er die Hälfte der benötigten Gesamtzeit zum Unterschreiben verwendete: der obere Teil des P hatte etwas von einem ausgedehnten Scheunendach, das darauffolgende kleine u etwas von einem Futternapf, das r etwas von einem neugeborenen, von vorne gesehenen Lämmchen, das d etwas von einem Dorfbrunnen mit einer daran befestigten Ziehstange, das e etwas vom Teil eines Schlittens und der letzte Buchstabe a etwas von einem Apfel, der aber schwer erkennbar war. Offensichtlich war bei diesem letzten Buchstaben die so selten trainierte Schreibkraft meines Vaters an ihrem Ende angelangt.

Mein Vater dürfte in seinem Leben nur ein paar Unterrichtsstunden in seiner Geburtsortschaft erhalten haben, die aus einer Handvoll Bauernhöfe in einem Bergtal bestand, weil seine Eltern ihn schon mit acht Jahren für das Hüten von Schafen eingesetzt haben. Er bemühte sich jedes Mal, eine prachtvolle Unterschrift zu setzen, als wollte er dadurch, daß die hinter ihm stehenden Bauern voller Neid zuschauten, diesen großen Mangel seines Lebens wettmachen. Denn obwohl manche von ihnen zwei oder sogar drei Volksschulklassen absolviert hatten, taten sie sich wegen der äußerst seltenen Anwendung ihrer Schreibkenntnisse sehr schwer mit der Unterschrift und - um rascher das Geld in der Hand zu haben - setzten sie einfach den an den Lippen angefeuchteten Fingerabdruck in die Höhe ihres Namens.

Vaters rauhe und knorrige Hand war immer warm, als ob sie nur von Sommerhitze und nicht auch von beißender Winterkälte durchdrungen gewesen wäre. Wenn ich als Kind nachts böse Träume hatte, dann konnte mich der Mutter sanfte Stimme nicht beruhigen. Sobald aber die harte und warme Hand meines Vaters sich auf meine Stirn legte, waren die bösen Träume mit einem Mal weg. Dieser Hand gelang es, mit einer einzigen Berührung, mich von dem unruhigen Stöhnen und Herumwälzen zu befreien. Obwohl ich sie nicht sah, sondern nur spürte, wenn sie sich in der Dunkelheit auf meine Stirn legte, konnte ich ihr voll vertrauen. Ich habe doch gesehen, wozu sie imstande war, als Vater mich in den Ferien auf seine Almhütte mitnahm. Als uns lautes Bellen von Hunden mitten in der Nacht aufweckte, sprang er auf, nahm den immer an der Tür angelehnten Knüppel und lief damit hinaus. Ich blieb ängstlich an der Hüttenschwelle stehen und sah zu, wie mein Vater, den Stock über dem Kopf schwingend und furchtbare Flüche ausstoßend, auf die gläsern leuchtenden Augenpaare von hungrigen Wölfen zulief. Ja, als diese Hand auf meiner heißen Stirn ruhte, ergriffen meine bösen Träume die Flucht wie die Wölfe, die sich in der Nacht an den Zaun des Tiergeheges herangeschlichen hatten. Die ganze Kindheit hat mich diese rauhe und warme Hand irgendwie stets begleitet, auch wenn ich weit weg von zu Hause war. Manchmal, als Kind oder Jugendlicher im Zug oder Bus alleine unterwegs, kam mir die vor dem Fenster ziehende Landschaft mit Hügeln, Tälern, Wäldern vor, als wäre sie die ausgebreitete, von Schwielen und Furchen durchzogene Handfläche meines Vaters. Wie vermisse ich sie nur, diese Hand! Ich hätte keine Angst mehr vor den argwöhnischen Blicken von Godzilla! Oder wäre wenigstens Claudia schon da, ihr Köpfchen mit der Stupsnase würde mich aus den trüben Gedanken reißen.

VIELLEICHT LIEGT ES AN MEINER BEATLES-BRILLE

Wo steckst du denn, Claudia? Es ist schon zwei Uhr. Ich fixiere mit einem scharfen Blick Birgit, ihre Kollegin an der Rezeption, und stelle ihr die Frage lautlos, durch stumme Lippenbewegungen.

„C-L-A-U-D-I-A?"

Birgit bringt einen Zeigefinger an einen Zahn und dann streckt sie den Finger vor sich hin. Ach so, sie ist beim Zahnarzt und kommt heute eine Stunde später! Verstanden. Birgit scheint mir noch etwas sagen zu wollen. Eigenartig, sie wirft mir einen schielenden Blick zu, wie der des Managers! Ich spüre wieder so etwas, wie einen Zwillingsblick, der an beiden Seiten meiner Gesichtsbacken herumhackt! Ich checke nicht, was sie mir sagen will. Nun bringt sie wiederholt zwei gespreizte Finger an die Backenknochen und deutet auf mich hin. Was ist mit meinen Backen? Jetzt macht sie mit den Fingern vor ihren Augen gleichzeitig schnell zwei Kreise. Ach so, daß ich nun eine Brille trage! Na ja, schon seit einigen Tagen ...

„Tolle Brille!", gibt sie mir lautlos in der Lippensprache zu verstehen und ich erwidere ihr ebenso:

„Danke".

Ha! Ich Idiot. Die Brille! Das wird dem Manager an mir aufgefallen sein! Die hatte ich früher vor seinem Urlaub nicht! Meine Brille mit runder kleiner Fassung, die ich mir gekauft habe, kurz nachdem die Neue bei uns eingetroffen war. Nein, nicht wegen Sehproblemen, sondern weil mir einmal Claudia aus der Parallelklasse sagte, ich schaue einem der Beatles ähnlich, nur die runden Brillen auf der Nase fehlten mir. Damals konnte ich mir solche Brillen nicht leisten, nun aber als Kofferträger in einem noblen Hotel schon. Natürlich habe ich den Kollegen gesagt, es wären optische Brillen, die mir der Augenarzt verordnet hätte. Bestimmt wird es daran liegen. Gut, daß ich endlich daraufgekommen bin. Nun werde ich sie gleich abnehmen, ins Etui legen und in die Hosentasche stecken. So!

Und ich dachte, daß Godzillas Verstimmung von meinem Zulächeln herrührte. Na! Wenn ich mich richtig erinnere, damals, als er mich im Vorbeigehen zum ersten Mal scharf anblickte, lächelte ich doch niemandem zu, Claudia auch nicht! Nein, damals war mir nicht danach zumute, ich stand sogar ein bißchen verwirrt da. Ich war gerade auf meinen

Stammplatz zurückgekehrt, knapp nachdem ich ins Büro hinter der Rezeption eine Kiste mit Papierwaren getragen hatte. Und dort fielen meine Augen auf die Beine der Neuen. Da die Rezeption über einen anderen Eingang erreicht wird als der, durch den wir Kofferträger in die Hotelhalle kommen, waren mir die Beine der Neuen bis dahin noch nicht zu Gesicht gekommen. Ich war so gut wie sicher, sie schauten ebenso aus, wie Claudias Beine aus der Parallelklasse, ich meine, so wie sie nach fünfzehn Jahren ausschauen würden. Die Beine Claudias aus der Parallelklasse habe ich doch noch lebhaft vor Augen.

So wie sie im Schulhof in der Unterrichtspause mit anderen Mädchen im Kreis stand, stellte sie den rechten Fuß dicht hinter den linken, sodaß ihre Beine in eins verschmolzen. Ich fand mich dabei wie zufällig irgendwo nicht weit hinter ihr, angeblich damit beschäftigt, einen Ball auf dem Fuß zu jonglieren. Ihr verdoppeltes, verflochtenes Bein von dem oberen Rand ihrer Schuhe hinauf bis zu ihrem Rocksaum kam mir immer wie eine soeben vor mir gelandete Taube vor, deren leichtes Atmen ich schon in meinen Blicken spürte. Hätte ich nicht befürchtet, daß die anderen Mädchen meinen Blick dabei ertappen und sich über mich lustig machen würden, hätte ich ihn davon nicht mehr abgewendet. Einmal nach einer auf solche Weise verbrachten Pause rief mich der Mathematiklehrer an die Tafel. Ich sollte einen Zylinder zeichnen, dessen Umfang ich dann zu berechnen hatte. Als ich mit der Zeichnung fertig war, schaute er sie verwundert an, murmelte aus seinem verzogenen Mundwinkel etwas wie, daß das kein Zylinder wäre, sondern ein Phantasieprodukt, und trug mir ein Minus ein. Ich ging mißmutig an meinen Platz zurück, von wo ich wieder einen Blick auf die Tafel warf. Der Lehrer war gemein: Man konnte doch die Figur an der Tafel schon für einen Zylinder halten, auch wenn sie ungleich breit war und oben eine leichte Rundung wie ein Mädchenknie hatte.

Als ich die Kiste mit Papierwaren hinter der Rezeption abgestellte, drehte ich unauffällig den Kopf in Richtung der drei Beinpaare - Birgits, Tanjas und ... Das kann doch nicht sein! Dort wo Claudia stand, war ein Beinpaar zu sehen, das - nein, wieviel sich auch immer die Beine von Claudia in fünfzehn Jahren verändert haben können, so würden sie sicherlich nie ausschauen. Denn das waren kräftige, kurze O-Beine mit ausgeprägten Muskelformen, während die von Claudia aus der Parallelklasse schlank und lang waren. Kaum war ich auf meinen Platz auf dem Bogen vor der Rezeption zurückgekehrt, als plötzlich die gesuchten Beine von

Claudia vor mir auftauchten, ja, sie zogen an mir vorbei! Ich hob den Blick: Geisha, die Vertreterin von Godzilla ging mit Claudias Beinen irgendwie herausfordernd vor meinen Augen vorbei! Ja, sie hat die Beine, mit Waden sanft nach innen gewölbt und sich in einem einzigen Punkt berührend, wie zwei aneinander gebrachte Hälften von antiken Krügen! Wieso habe ich so lange Zeit nichts davon gemerkt? Geisha kam daraufhin hinter dem Rezeptionspult mit einer Mappe in der Hand hervor, ging in der Halle einige Male auf und ab und blieb dann einige Meter von mir entfernt stehen. Dabei stellte sie den rechten Fuß hinter den linken, sodaß sie zu einer einzigen, zarten und länglichen Spindel schmolzen, unter deren seidener Glätte leichte Strömungen zu fließen schienen. Dann setzte sie sich an den Tisch in der Mitte der Hotelhalle, auf dem eine Stehlampe und ein vergoldetes Schild „Manager on duty“ standen.

Ja, ich erinnere mich, ich war damals, als Godzilla die Hotelhalle nach dem Urlaub betrat, aus meinem Staunen nicht heraus gekommen. Wird Godzilla meinen Blick auf die Beine seiner Assistentin erwischt haben? Denn um mir sicher zu sein, daß Geishas Beine denen von Claudia aus der Parallelklasse entsprachen, bückte ich mich, um angeblich einen hartnäckigen Schmutzfleck vom Marmorboden mit einer Serviette abzuwischen, währenddessen aber mein Blick Zentimeter um Zentimeter an den Beinen von Geisha auf und ab strich. Oder werden Godzilla meine unruhigen Augäpfel aufgefallen sein? Denn nach diesen verwirrenden Entdeckungen stand ich da wie der Esel von Buridan zwischen zwei Heuhaufen: mein Blick schwang vom Antlitz Claudias bei der Rezeption zu den Beinen von Geisha vor mir und umgekehrt hin und her.

Obwohl Mitte dreißig, hat Geisha sowohl im Gang als auch im Aussehen etwas Mädchenhaftes. Wir kennen uns seit langem, aus der Zeit, als sie Hostess im Hotelrestaurant war. Sie war eigentlich immer sehr freundlich zu mir, und wenn Godzilla nicht in der Nähe ist, redet sie mich mit „Kollege Georg“ an, und bei meinem respektvollen Gruß antwortet sie - halb flüsternd, halb heimlich - mit „Hallo!“ Und ein einziges Mal, als sie mir so etwas wie eine kritische Bemerkung machen wollte, sagte sie:

„Wir müssen aufpassen, sonst verhaut uns der Herr Front Office Manager den Popo!“

Ja, sie ist wieder da und geht vor mir in der Halle auf und ab! Sie hat doch etwas Aufreizendes an sich, was mir früher entging! Es sind nicht nur ihre Oberschenkel, die nun durch den engen Rock diskret pochen, sondern dazu ... Warte! Ja, es das spielerische Hüpfen des großen Busens, der ihre seidene Bluse prall füllt! Nein, Claudia würde auch heute nicht so einen schönen Busen haben, denn ich erinnere mich genau, damals nach der Matura auf dem Heuhaufen, als ich ihr helles Trikotleibchen aufmachte, kamen mir ihre kleine Brüste wie zwei in einem warmen Vogelnest zufällig entdeckte Spatzen vor. Wenn Geishas Brüste ebenfalls etwas Vogelhaftes an sich hatten, dann waren dies zwei Raben, die im Winter mit eingezogenem Kopf und aufgebauschtem Gefieder auf dem Hofzaun dicht nebeneinander hocken.

Offensichtlich hat Geisha die Beine von Claudia aus der Parallelklasse, aber ihr Busen erinnert mich eher an Tiza, das erwachsene Mädchen, die mich nach Claudias Flucht ins Ausland in die Liebeskunst einweihte. Sie war um etliche Jahre älter als ich und hat mir nur Gutes beigebracht, obwohl ich als Halbwüchsiger wegen ihr eine Tracht Prügel von meinem Vater bekommen habe.

DIE TRACHT PRÜGEL

Nein, nicht direkt von Vaters Hand habe ich die Tracht bekommen, sondern von dem von Vaters Hand geschwungenen Gürtelchen, wie wir einen abgenützten Leibriemen nannten, der an einem Türstock im Wohnzimmer hing. Er diente als allerletztes Mittel zu unserer Abschreckung für meine Mutter, die meist alleine mit vier Kindern zurechtkommen mußte. Wenn Bitten, Schreien und Drohungen nicht mehr reichten, um uns zur Ruhe zu bringen, nahm meine Mutter das Gürtelchen in die Hand, fragte das schlimme Kind mit bedrohlich gestelltem Tonfall, den Vater nachmachend: „Juckt dir der Buckel, Kind?" Das geübte Gehör des schlimmen Kindes erspürte aber gleich das Zögern in ihrer leicht zitternden Stimme und in ihrer wenig überzeugenden Körperhaltung, daß es sich meist nur ins Fäustchen lachte. Darauf reagierte meine Mutter mit gekränkter Resignation: Sie hängte das „Gürtelchen" an seinen Nagel und sprach mit dem „bösen Kind" den ganzen Tag kein Wort mehr. Wenn der Vater meine Mutter in einem solchen Zustand erwischte, dann stand dem bösen Kind etwas bevor. Denn er konnte meine Mutter nicht traurig sehen, sodaß der Ungehorsame mindestens einen „Kuß" vom Gürtelchen verpaßt bekam. Er mußte die Hand vorhalten, das Gürtelchen zischte auf das zitternde Händchen herab, wobei die Anzahl der zärtlichen Berührungen und die Höhe des Falles im direktem Verhältnis zur Übeltat stand. Dabei wirkte mein Vater überhaupt nicht wütend, er erledigte das mit derselben Gelassenheit und Gründlichkeit, die er auch anderen Haushaltsaufgaben entgegenbrachte - Schweine füttern, ausmisten, Brennholz mit der Axt zerkleinern, Kühe melken, sein Abendgebet verrichten.

Meine um zwei Jahre ältere Schwester hat nie Bekanntschaft mit dem „Gürtelchen" gemacht, denn als einziges Mädchen unter drei Buben war sie Vaters Liebling und dazu braver als wir. Für mich war das „Gürtelchen" auch nur etwas eher abstrakt Unheimliches in dem großen Wohnraum, da mir als dem Jüngsten die Frechheiten gewöhnlich als harmlose Spitzbubenstreiche nachgesehen wurden. Zwar ärgerte sich manchmal mein Vater auch über mich. „Die Hand her, du Langohr!" rief er mir zu. Aber schon beim Aufheben des Leibriemens, nachdem er mir einen kurzen Blick zugeworfen hatte, wußte ich, nach dem unterdrückten Schmunzeln auf seinem Gesicht, daß der „Gürtelchen Kuß" nicht zu hart, sondern wie ein leichtes Zwicken ausfallen würde. Auch noch als Volksschüler genoß ich eine bevorzugte Behandlung, vielleicht auch deswegen, weil das Heranwachsen bei mir langsamer fortschritt und ich deshalb auch in meiner Schulklasse in jeder Hinsicht der Kleinste war. Zusätzliche Beliebtheit verschaffte mir auch die Begabung, andere nachzumachen, ob Erwachsene oder Kinder, mancher Nachbar gab mir sogar dafür eine 1-Leu-Münze.

Der älteste Bruder, um acht Jahre älter als ich, mußte am meisten mit dem „Gürtelchen" Bekanntschaft machen, aber nicht, weil er der schlimmste gewesen wäre, sondern weil - gemäß einer uralten bäuerlichen Gewohnheit - der Älteste auch für die vom Jüngsten begangenen Dummheiten büßen mußte. Auf Bruders laute Proteste erwiderte mein Vater, daß der Kleine „noch dumm ist und nicht weiß, was er tut", während er, der Älteste, doch groß genug sei, dafür zu sorgen, daß der Kleine nichts anstellt. Dafür durfte der Älteste andere Vorteile genießen: er bekam jedes Jahr neu Schuhe, während wird seine alten, ausgetretenen Latschen der Reihe nach auftragen mußten.

Ich als Nesthäkchen konnte mir also manchen zusätzlichen Spaß erlauben. Zum Beispiel beim Abendgebet. Vor dem Schlafengehen mußten wir alle vier nebeneinander hinknien, die Hände falten und die Ellbogen am Bettrand aufgestützt laut im Chor das Nachtgebet hersagen. Da knieten wir, jeder in seinem bäuerlichen Nachthemd der Größe nach auf einem weichen Schafspelz: der älteste Bruder Nelu an einem Ende, der zweitälteste Bruder Mircea, meine Schwester Geta und ich selbst am anderen Ende. Mir aber war nach der leckeren abendlichen Polenta mit Käse keineswegs danach, ein langweiliges Gebet, von dem ich nichts verstand, tatenlos und mit ernster Miene zu verrichten. Ohne das Herunterleiern des Gebetes zu unterbrechen, nützte ich die Ablenkung meiner Mutter durch das Geschirrabwaschen und die meines Vaters durch die Haushaltsreparaturen und ließ mir etwas einfallen. Ich begann zum Beispiel - der Textstelle aus dem Gebet entsprechend - Grimassen zu schneiden und stieß gelegentlich bei einer Stelle wie „Erhöre unsere Bitte!" einen dumpfen Aufstoß hervor, von dem ich jederzeit beliebig viele auf Lager hatte. Oder ich machte mich mit einem Strohhalm an den bloßen Fußsohlen meiner älteren Geschwister zu schaffen, die in dieser Stellung meinem Treiben nur schwer ausweichen konnten. So begann zwischen uns ein gegenseitiger Ellbogenkampf, während die Litanei gleichmäßig fortgesetzt wurde, und nur wenn das Gebet in Ächzen oder Kichern entartete, brachte uns der Vater zur Ruhe mit einem kurzen, aber immer sehr effektiven Hinweis auf das Gürtelchen an dem Nagel.

Es war gegen das vierte Volksschuljahr, als ich die einzige, dafür aber ausgiebige Tracht Prügel erhalten hatte. Einige Wochen vorher war eine Musikkommission auf der Suche nach musikalischem Nachwuchs in unserem Dorf eingetroffen. Ich war auch in den großen Festsaal eingeladen, wo zwei Herren bei einem Tisch und eine Dame am Klavier auf der Bühne standen. Einer von ihnen klopfte mit der Faust auf die Tischplatte mehrere Rhythmen und forderte mich auf, sie nachzuklopfen, dann spielte die Dame am Klavier kurze Fragmente von Melodien, und forderte mich auf, sie nachzusingen. Dann ließen sie mich ein von mir gewünschtes Lied vorsingen. Am Nachmittag desselben Tages kam die Kommission zu uns nach Hause, um mit meinen Eltern über meine Zukunft zu sprechen. Allein schon das war für meine Eltern eine große Ehre, denn viele Bewohner haben gesehen, in welchen Bauernhof die Herrschaften aus der Stadt eingetreten sind.

In unserem Dorf lief das Leben der Dorfbewohner in denselben Bahnen wie überall ab, das heißt Tiere züchten, den Acker bestellen, Kinder aufziehen, Feste feiern, Sonntag in die Kirche gehen etc. Und über all dem und darüber hinaus bemühten sie sich, dem „Dorfauge“ gerecht zu werden. Man zeigte sich selber so, wie man glaubte, vom „Dorfauge“ gesehen zu werden, ja vieles wurde nur diesem zuliebe gemacht, auch wenn kein Bedürfnis danach bestand. So zeigte man sich gerne generös, denn sparsam zu sein, geschweige denn über Geld zu sprechen, war verpönt. Und das „Dorfauge“ - obwohl nirgendwo und in niemandem verkörpert - war bestens informiert über alles, was in einem Dorf von einem Ende zum anderen geschah. Jedes eingetretene Ereignis, in welcher Familie auch immer - ob freudig, tragisch oder beschämend - war der Anlaß eines schnell um sich greifenden Geredes, wobei das Ereignis in seiner Bedeutung vielfach übertrieben wurde. Sicher waren meine Bauerneltern nicht weniger um dieses „Dorfauge“ bemüht, zumal unser Haus sich in einer Enklave angesehener Leute befand: Links von uns wohnte die Familie des Dorfarztes, zu der auch mein bester Freund Calin gehörte, rechts eine ungarische Buchhalterfamilie, weiter links eine sächsische Winzerfamilie und weiter rechts eine jüdische Fleischhauerfamilie. Alle diese Familien hatten ihre älteren Kinder ins Gymnasium in die Stadt geschickt, was das „Dorfauge“ gerne sah, denn bei den meisten Familien blieben die Kinder nach dem Abschluß der Volksschule zu Hause, um den Bauernhof weiterzuführen.

Nun kam diese städtische Kommission zu uns nach Hause, um meine

Eltern zu überreden, mich in der Großstadt Musik studieren zu lassen. Ich würde ein Stipendium bekommen und Taschengeld, sogar Fahrkarten für die Ferienfahrten, sagten sie zu meinen Eltern. Zwar stünde mir noch eine Aufnahmeprüfung in der Stadt bevor, die Kommission hatte nur Empfehlungsrecht, aber sie wären sicher, daß ich es schaffen würde. Ich sei begabt und es wäre schade, mich nicht ausbilden zu lassen. Da wischte sich meine Mutter heimlich eine Träne aus den Augen, während mein Vater seinen Kopf wie ein stolzer Hahn emporreckte. Man müsse sich das gut überlegen, sagte darauf mein Vater, und ich spürte, daß er eigentlich nur die angesehenen Gäste - dem „Dorfauge" zuliebe - länger bei sich im Haus behalten wollte. Er stand auf, brachte einen Krug Wein aus dem Keller und Gläser - unser Lechnitzwein war weit über die Grenzen hinaus bekannt. Erst nachdem der Krug geleert war, wobei eine Hälfte von Vater selbst gekippt wurde, und er sich noch einmal die schmeichelhaften Worte der Kommission über mich anhörte, gab er seine Zustimmung. Mich fragte niemand danach, denn man wußte sowieso, daß ich auf so etwas erpicht war!

Es war ein paar Wochen vor den Ferien, im vierten Volksschuljahr, als ich mit meiner Mutter in die Großstadt zur Aufnahmeprüfung in die Musikschule reiste. Meine Mutter war besorgt, ob ich die Prüfung schaffen würde, denn mittlerweile hat sich der Besuch der Gäste aus der Stadt bei uns zu Hause zu einer kleinen Dorfsensation entwickelt, manche behaupteten sogar, man hätte mich für Fernsehauftritte engagiert und daß meine Eltern dafür schönes Geld im voraus erhalten hätten, was meine Eltern weder bestätigten noch dementierten.

Als ich den großen Saal der Musikschule betrat, wo die Prüfung stattfand, erkannte ich unter den Mitgliedern der Prüfungskommission am Klavier die Dame, die auch damals bei uns im Dorf gewesen war, sie zwinkerte mir heimlich zu. Die Prüfung lief zunächst nach demselben Muster ab wie bei uns im Dorf: mit Nachklopfen und Nachsingen. Ich wollte anschließend schon mit meinem Lieblingslied beginnen, als der Kommissionschef zu mir sagt, ich dürfe jetzt hinaus, die Ergebnisse würden am Nachmittag im Fensterkasten am Gang angeschlagen werden. Ich rührte mich aber nicht von der Stelle. Wie wollen sie feststellen, ob ich einmal Schlagerstar werden könnte, ohne mich aufs Singen und Tanzen geprüft zu haben! „Aber vorgesungen habe ich noch nicht!", traute ich mich kurz vor der Tür stehend zu erwähnen. Sie schienen überrascht zu sein, ich hätte doch nachgesungen, das reiche. Da ich aber weiterhin wie angenagelt stand, kam mir die vertraute Dame vom Klavier zu Hilfe: „Er möchte ein Lied alleine singen. Wo er doch eine so schöne Stimme hat.“ Ach so, meinte der Kommissionschef, dann los!

Na endlich! Jetzt konnte ich meine Nummer abziehen, und das war der Schlager: „Fliegen in den wolkenlosen Himmel“. Sobald die ersten Töne herauskamen, fühlte ich mich in meinem Element und begann gleichzeitig Twist! zu tanzen. Die für diesen Anlaß neu gekauften spitzen Schuhe dicht aneinander gepreßt, rutschten auf dem Parkett zunächst auf der Stelle hin und her, während ich dabei langsam immer tiefer in die Hocke ging, um mich danach rhythmisch wieder aufzurichten. Als nächstes die Beine weiterhin zusammengepreßt, wirbelte ich im ganzen Saal von einem Ende zum anderen. So kam ich zu der Melodiestelle, wo es außer dem ziemlich langen „La, La, La, La, La, La ...“ keinen Text mehr gab, und dies nützte ich für den Höhepunkt meiner Darbietung aus: Die Beine seitlich gespreizt und mit abwechselnd vorgerückten Schultern, ließ ich nach dem Takt den Rumpf tief nach hinten fallen, sodaß ich damit fast den Boden berührte. Dann kam ich tanzend der Kommission näher, und während ich mit der Stimme Trommelschläge nachahmte, sprang ich mit einer Drehung in die Luft, derart, daß ich mit dem Rücken vor den Prüfern landete. Und so, den Popo zu ihnen hingestreckt und herum schwingend, wiederholte ich dieselben Figuren in entgegengesetzter Richtung. Ich war bei weitem noch nicht fertig, hob die Stimme an, um mich nun an die zweite des vierstrophigen Liedes zu machen, ich war gerade bei der Stelle: „Denn da oben kommt von der Erde nur leises Liebesgeflüster!“, als ich einen wiederholten, störenden Zwischenruf - „Danke, es reicht schon!“ - vernahm.

Ich konnte aber kaum glauben, daß sie nichts mehr davon haben wollten, denn als ich das auf der Bühne in Lechnitz aufgeführt hatte, da trampelte das Publikum auf den Saalboden. Ich machte also weiter, als ob nichts geschehen wäre, sprang erneut durch die Luft, mit einer diesmal umgekehrten Drehung um die Körperachse, sodaß ich nun wieder mit dem Gesicht zur Kommission landete. Den Blick hielt ich natürlich emporgerichtet, eben „gegen den wolkenlosen Himmel“, es galt doch nun unbedingt meinen Auftritt zu Ende zu bringen, zum nächsten „La, La, La“ zu gelangen, denn dafür hatte ich eine weitere starke choreographische Nummer auf Lager, die ich mir im Fernsehen abgeschaut hatte. Aber die Bohnenstange mit Brille und Masche, die der Chef dieser Kommission zu sein schien, sagte nun ganz energisch:

„Nun aber aus, aus, verstehst du nicht!“

Ich hielt inne, grinste verlegen, als die nette Dame vom Klavier mir mit milder Stimme sagte:

„Danke! Es war sehr schön, aber es warten noch viele Prüflinge draußen!“

Der Ausklang der Prüfung hinterließ bei mir einen unangenehmen Beigeschmack, der sich dann bei der Besichtigung des Schulunterrichtes nur verstärkte. Nirgendwo gab es eine Bühne mit Scheinwerfern, Mikrophonen und Kameras zu sehen, sondern lauter kleine Übungsräume, wo sich jeweils ein Schüler in meinem Alter mit einem riesigen, an ihm angeschnallten Blasinstrument herumquälte und versuchte, ihm Töne zu entlocken, wobei ihm vor Anstrengung fast die Augen aus den Höhlen traten. Keiner von ihnen blickte fröhlich unter der schweren Last der Instrumente, so eingezwängt zwischen dem Notenpult vor ihm und dem hinter ihm stehenden Lehrer! Ich hatte sogar Mitleid mit einem dieser Halbwüchsigen, als ich sah, wie er mit geschwollenen Gesichtsbacken kräftig hineinblies, während der Lehrer von hinten ständig an ihm herumnörgelte, daß der Ton nicht sauber genug gewesen wäre, daß er einen Halbton übersehen hätte etc.

„Bald wirst du auch an einem solchen Instrument üben dürfen“, verkündete mir mit freudigem Gesicht ein Lehrer, der uns begleitete, „denn dich haben wir als Hornist vorgesehen“, sagte er weiter, nachdem wir einen leeren Übungsraum betraten, in dem er einen Wandschrank aufsperrte und ein nicht gerade kleines Blechding entnahm.

„Es heißt Horn“, fügte er hinzu, eigentlich überflüssig, denn es schaute nicht viel anders aus als das Horn von Ferenczi, dem Kuhhirten aus unserem Dorf, mit dem er die Kühe zusammenrief.

Plötzlich wurde mir klar: in solch einer Musikschule habe ich nichts verloren! Ich war doch hergekommen, um möglichst schnell auf der Bühne als Solosänger aufzutreten, damit meine Freunde, Verwandten, Cousins und besonders Claudia mich im Fernsehen bewundern konnten. Wozu soll ich mir so etwas antun? Und wie sollte ich mit diesem Blechding bei mir im Dorf auf der Bühne auftreten? Die würden mich doch alle nur auslachen:

„Für so etwas hättest du nicht in die Stadt fahren müssen. Ferenczi, der Kuhhirte hätte dir dies ebenso gut hier beibringen können!“

Und die Stadtkinder hier, die sahen auf mich herab, obwohl meine Mutter mir extra einen schönen Trachtenanzug mit Blümchen auf der

Weste hatte anfertigen lassen. Für die soll ich meinen Freund Calin verlassen?! Und hierher kommen, wo mich niemand auf der Straße erkennt und niemand meinen Gruß lächelnd erwidert, und wo ich immer aufpassen muß, daß mich keine Straßenbahn überfährt? Na, da bleibe ich doch lieber in meinem Dorf, bis jemand von einer richtigen Musikschule - ich meine von einer Stars ausbildenden Schule - mich entdeckt!

Meine Mutter war nicht begeistert, als sie meine Entscheidung hörte, gleich nachdem wir meinen Namen auf der Gewinnliste der Wettbewerber gesehen hatten. Doch unterwegs nach Hause, während der langen Zugfahrt, nachdem ich viel auf sie eingeredet hatte, resignierte sie letztendlich. So war meine Mutter. Bei meinem langen Einreden ließ sie sich schon um den kleinen Finger wickeln. Als wir zu Hause ankamen und dem Vater Bescheid sagten, daß ich zwar die Prüfung bestanden, doch keine Lust hatte, dort ausgebildet zu werden, sagte er nur mit enttäuschter Miene: „Das willl gut überlegt sein!"

Meistens bedeutete das nicht mehr, als daß er das wie alles, was mit Haushalt und Kindern zu tun hatte, seiner Gattin überließ, auch wenn vieles nicht paßte.

Einen Tag danach erzählte mein Freund Calin mir von einer jungen Krankenschwester Tiza, die im Dorfspital vor kurzem angestellt worden war. Sie trüge einen ganz kurzen Rock, „weit über den Knien", hätte einen „Riesenbusen" und fesch sei sie auch. Er zeigte sie mir auf der Straße! Tatsächlich, Calins Beschreibung stimmte! Ihr enger Minirock war, wenigsten für unsere dörflichen Verhältnisse, überdurchschnittlich kurz, die ganzen Knie und sogar eine Handbreit oberhalb davon waren frei. Was für Schätze würden sich erst hinter dem Rock verbergen! Da schlug Calin vor, daß wir uns am Abend unter die hölzerne Brücke stellen, über die Tiza von der Arbeit kommend gehen würde. Denn zwischen den Brettern gab es schöne Spalten, und an einem Juniabend ist es doch noch hell, so könnte man „eine ganze Menge" erspähen.

„Ja!", schloß ich mich gleich an, „das machen wir!", denn der Anblick der Krankenschwester hatte mich nicht kalt gelassen. Ich wollte wie Calin mehr davon bekommen, obwohl ich noch keine Vorstellung hatte, was wir genau eigentlich sehen könnten. Gesagt, getan. Calin nahm am Abend ein altes weißes Operngias, ein Erbstück aus dem Schrank seiner Mutter mit. Und ich nahm ein noch fast blindes Kätzchen mit - denn unsere Katze hatte einen Tag zuvor geworfen - mit dem die Krankenschwester auf der

Brücke über den großen Spalt zum Stehenbleiben gebracht werden sollte. Kurz vor acht Uhr abends, wenn ihr Dienstende sein sollte, kamen wir zur Brücke. Calin kletterte auf eine Weide und hielt das Fernglas auf den Krankenhaushof gerichtet, den sie zu überqueren hatte, um zum Ausgangstor zu gelangen. Als er sie durch sein Operngias erspähte, ließ er seinen rechten Arm niederfallen, so wie es die Pioniere oder Banditen in den Filmen mit Winnetou bei einem Überraschungsangriff machen. Da huschte ich von einem Baumversteck hervor, lief auf die Brücke und legte das Kätzchen genau an die Stelle hin, die die beste Durchsicht versprach. Nun nahmen wir unseren Platz unter dem Brückenspalt ein. Alles war auf das Genaueste berechnet. Die junge Krankenschwester - sie muß die Krankenschwesternschule soeben abgeschlossen haben - kam tatsächlich über die Brücke, blieb vor der Stelle stehen, wo das Kätzchen lag, hockte gerade über unseren Köpfen, um das Kätzchen auf den Arm zu nehmen.

„Miezi, Miezi, Kleine, was tust du hier so alleine?!" sprach sie mit säuselnder Stimme auf das Kätzchen ein. Wir standen dort mit aufgerissenen, schnurgerade nach oben gerichteten Augen und mit angehaltenem Atem. Es war tatsächlich aufregend, ihre nackten rosigen Schenkel zu sehen. Sobald die junge Krankenschwester die Brücke verließ und sich einige Meter entfernt hatte, flüsterte mir Calin vor Aufregung kichernd zu:

„Hast du gesehen, hast du alles gesehen?!",

„Ja, ja!" antwortete ich, „ich konnte es gut sehen!"

„Auch ihre Unterhose, rosa mit weißen Punkten?!"

„Nein!" sagte ich, „das war doch nicht zu sehen. Das hast du auch nicht sehen können, wir standen doch nebeneinander!"

„Doch, doch!" behauptete Calin, er hätte sie bestimmt gesehen. „Sie war rosa mit weißen Punkten!"

Diese kleine Meinungsverschiedenheit war das Steinchen, das die Tragödie ins Rollen brachte. Denn ich blieb trotzig bei meiner Behauptung, daß dies nicht stimme, ich konnte nicht einfach hinnehmen, bei einem solch aufregenden Ereignis den Kürzeren gezogen zu haben. Calin schwor sogar auf die Gesundheit seines Lieblingspferdes, er hätte mehr gesehen, vielleicht deswegen, weil er durch das Operngias länger geschaut hatte als ich. Doch auch das überzeugte mich nicht, und so kam Calin auf den folgenschweren Einfall. Er zückte plötzlich aus der Hosentasche sein Schweizermesser, das sein Vater von einem Patienten bekommen und an ihn weiter gegeben hatte.

„Du wirst es gleich sehen. Komm! Wir schlitzen ihr den Rock von hinten auf. Jetzt, solange niemand auf der Straße ist!"

Dann schritt er zum Flußufer, verschmierte sich das Gesicht mit einer Handvoll Schlamm. Sicher schien mir der Plan verrückt, aber wieviel Verrücktes hatten wir beide bis dahin schon angestellt und doch viel Spaß dabei gehabt? Warum also nicht?! Ich nahm mir auch eine Handvoll Schlamm, beschmierte das Gesicht und schlich mich neben Calin von hinten an das Mädchen heran. Tiza ging ahnungslos mit dem Kätzchen auf dem Arm, zu ihm wie zu einem Kleinkind sprechend:

„Miezi, weine nicht! Bald sind wir zu Hause, da bekommst du warme Milch, gelt!"

Nun setzte Calin die scharfe Klinge seines Schweizermessers an den unteren Rocksaum, ich hielt den Rock fest und er zog kräftig nach oben. Der enge Minirock riß mit einem leichten Geräusch entzwei und ließ ihr Höschen erscheinen: Es war tatsächlich rosa mit weißen Pünktchen! Im nächsten Augenblick stieß das Mädchen einen fürchterlichen Schrei aus, drehte sich um und ergriff dann die Flucht, indem es aus Leibeskräften um Hilfe schrie.

Wir waren aber bereits über alle Berge! Nachdem wir uns an einer anderen Stelle des Flusses die Gesichter gereinigt hatten, schlenderten wir eine Weile an dessen Ufer entlang, noch voll im Banne des Geschehenen. Der kitzelnde Hauch des Zaubertrankes, den wir durch den verbotenen Einblick in das Intimste einer jungen Frau gerade ausgekostet hatten, haftete an uns. Schade, daß wir erst Halbwüchsige sind. Wie langsam schleichen doch die Jahre dahin! Wären wir nur um vier oder fünf Jahre älter, könnte einer von uns ihr den Hof machen, um sie dann zu einem Heuhaufen am Dorfrande zu locken, um zu dem zu gelangen, was sich unter ihrem rosa Höschen mit weißen Pünktchen verbirgt. Wie das wohl aussah? Calin sagte, er hätte es in den Büchern seines Vaters gesehen, es sei auch eine Art Popo, nur etwas kleiner. Wir waren noch im Rausch des Erlebten, als wir uns unseren Nachbarhäusern näherten, vorsichtshalber aus einer ganz anderen Richtung kommend.

„Sie waren es!" hörten wir plötzlich, als wir gerade dabei waren, uns mit einem männlichen, herzhaften Händedruck zu verabschieden. Aus dem Hausportal trat die Krankenschwester, die nun um die Körpermitte ein breites Handtuch gewickelt hatte, und neben ihr der Dorfpolizist. Das Blut erfror uns in den Adern.

„Ja, sie waren es, ich erkenne sie. Der!" wies sie auf Calin hin, „der Blonde mit dem abgebrochenen Vorderzahn! Und der zweite, der!" wies sie auf mich, „der mit der blauen Short und den großen Ohren. Sie waren es, sicher, obwohl sie die Gesichter mit Schlamm verschmiert hatten!"

Der Polizist ließ gleich darauf meinen Vater und Calins Vater auf die Straße vor das Haus kommen, wo sich schon mehrere Leute, darunter auch ein paar Nachbarn versammelt hatten. Unglaublich, wie viele sich in so kurzer Zeit dort einfinden konnten! Mein Vater erschien mit umgeschlagenen Hemdsärmeln, denn er befand sich gerade im Stall beim Kuhmelken, als ihn ein Kind verständigte, daß der Dorfpolizist ihn sprechen wollte. Er schaute verwundert zu uns beiden Kindern hin, dann zur Krankenschwester mit ihrem umgelegten Badehandtuch, dann zum Polizisten. Als kurz danach auch der Vater von Calin in Schlafrock und Pantoffeln aus dem Haus kam, begann der Polizist den Vorfall zu schildern, indem er nach jedem Satz auf das zustimmende Nicken von Tiza wartete. Ich hielt dabei aus dem Augenwinkel den Blick stets auf die Miene meines Vaters gerichtet, und was sich da zusammenbraute, gefiel mir nicht. Ein bißchen Hoffnung schöpfte ich durch das Verhalten von Calins Vater, der sich die Geschichte wesentlich ruhiger anhörte und zunächst fragte, ob wir das Mädchen verletzt oder unsittlich berührt hätten. Er selbst entschuldigte sich dann höflich bei der jungen Dame, es wäre ein ganz blöder Kinderstreich gewesen, sie würde für ihren Rock entschädigt werden und - was Calin betraf - so würde er seine Strafe bekommen, die er gleich vor allen ankündigte: eine ganze Woche Hausarrest! Ich hoffte von ganzem Herzen, daß mein Vater Ähnliches verkünden wird, doch er schwieg nur. Manche Bäuerinnen murmelten schon:

„Unerhört, mit dem Messer hinter dem Mädchen her auf der Straße, wie die Banditen!"

Manch anderer, der beim Arzt in Behandlung stand, versuchte die Sache herunterzuspielen:

„Das mußte ja so kommen, wenn man mit solch einem Fleck von Rock unterwegs ist!"

Mein Vater sagte die ganze Zeit kein Wort, zunächst schien er nicht zu glauben, daß ich dabei mitgemacht hatte, doch der Polizist sagte ihm, daß ich die Tat bereits gestanden hätte. Mein Vater schien darauf etwas sagen zu wollen, stieß aber nur einen unartikulierten Laut aus. Während die Kommentare der herumstehenden Leute immer kritischer wurden, stieg in sein Gesicht eine mir unbekannte braune Röte auf, die ihn förmlich zu überfluten schien. Es wirkte irgendwie, als ob auf seiner ganzen Gesichtshaut gleich dünne Risse aufplatzen würden, als ob sich dahinter immer größere Zornmassen sammelten, die nun voller Wucht wie gegen einen Damm stürmten.

Der Dorfpolizist verabschiedete sich, indem er unsere Eltern wissen ließ, daß er den Schuldirektor umgehend informieren würde, um zu veranlassen, daß sich morgen vor dem Schulunterricht die ganze Schule im Schulhof versammelt. Dort würde weiter über unser Schicksal entschieden werden. So etwas wurde von der Polizei immer veranlaßt, wenn ein Schüler etwas besonders Schlimmes angestellt hatte. Mein Vater hörte schweigend zu und erwiderte nicht einmal den Abschiedsgruß des Polizisten, er blieb sogar noch einige Augenblicke wie erstarrt stehen, nachdem sich die anderen bereits entfernt hatten. Er stand dort innerlich gebrochen, sah sich vor dem „Dorfauge" niedergeschmettert.

Weil meine Mutter mit der Arbeit im Haushalt alle Hände voll zu tun hatte, arbeitete mein Vater Tag und Nacht draußen. Im Sommer kam er nur sonntags für ein paar Stunden nach Hause, im Winter war er tagsüber in den Ställen der Genossenschaft und in der Nacht als Nachtwächter im Dienst. Zu Hause war er meist nur für ein paar Stunden auf einen Sprung. Das einzige Privatvergnügen, das er sich gönnte, war ein Zusammentreffen mit den Arbeitskollegen im Wirtshaus bei einer Tischrunde anläßlich eines Geburtstages oder einer Hochzeit, wovon er gelegentlich auf allen Vieren kriechend nach Hause kam. Sonst gab es in seinem Leben nur Arbeit und wieder Arbeit, um uns vier Kinder durchzubringen. Er zweifelte nie daran, daß es sich so gehörte, so hatten es schon sein Vater und sein Großvater getan. Die Familie war mit allem Nötigen versorgt, die Kinder wuchsen brav auf, jedenfalls hatte er doch bisher nichts Gegenteiliges über seine Kinder gehört! Und nun brach die heile Welt mit einem Mal für ihn zusammen und er stand da mit Schande bedeckt. Gerade der Sohn, von dem er sich am meisten erhoffte, war wie ein Bandit mit einem Messer in der Hand über eine Frau hergefallen!

„Marsch ins Haus!" konnte er endlich hervorbringen, ohne mich anzuschauen und mit einer mir völlig fremden Stimme. Ich schritt mit gesenktem Kopf ins Haus. Meine Mutter mußte offensichtlich in Vaters Gesicht etwas Ähnliches wie ich gelesen haben, denn ich hörte, während ich zum Wohnzimmer ging, wohin mich der Vater nun drängte, ihre besorgte Stimme:

„George, George, um Gottes willen, er ist doch unser Kind!“

Vater antwortete aber nicht, sperrte die Tür hinter sich ab und schritt zu dem Gürtelchen am Nagel. Ich machte die Augen zu und streckte die Hand vor, wissend, daß nun kein Erbarmen zu erwarten war. Doch der Schlag kam nicht einmal dorthin, sondern mit voller Wucht auf meinen Rücken. Ich unterdrückte den Schrei und dachte mir: wenigstens habe ich es hinter mir. Doch ich täuschte mich. Es war eigentlich nur der Auftakt. Vor mir stand nicht mehr mein vertrauter Vater, überhaupt kein menschliches Wesen, sondern ein Stier in menschlicher Gestalt, der dabei war, die Blumenwiese, auf die er geraten war, unter sich bis zum letzten Fleck zu zertrampeln. Und nichts konnte ihn mehr aufhalten. Weder meine Versuche, die Schuld auf Calin abzuwälzen, noch meine Bitten um Verzeihung, noch daß meine Mutter mit den Fäusten gegen die Tür hämmerte.

„George, George, um Gottes willen, er ist doch unser Kind!“

Als ich aufwachte, hörte ich die schluchzende Stimme meiner Mutter, die leise mit jemandem sprach:

„Beinahe hätte er mein Kind zum Krüppel gemacht! Schläft er noch?“

Ich wollte mich rühren, doch ich spürte an meinen Armen und Beinen furchtbar brennende Stiche. Jemand nahm nun einen Verband von meiner Schulter ab und trug darauf behutsam eine Salbe auf.

„Noch ist er davon benommen, aber sterben wird er daran nicht. In zwei, drei Tagen ist der Schlingel wieder auf der Straße. Er hat sich wenigstens damit das Strafgericht der Schule erspart.“

Die Stimme kam mir bekannt vor, und ich blickte hinauf: Tiza, die junge Krankenschwester, saß neben mir auf dem Bett. Sie beugte sich gerade tief über mich, um von der anderen Bettseite einen frischen Verband zu nehmen. Ihr weißer Mantel war bei dem oberen Knopf aufgemacht, und so konnte ich den oberen Teil ihres vollen Busens ganz aus der Nähe sehen. Sie berührte sogar damit meine Nase. Ich lächelte vergnügt in mich hinein, letztendlich habe ich doch mehr als Calin davon gehabt. Und ich konnte kaum den Tag erwarten, wenn ich Calin wieder treffen würde, um damit zu prahlen.

SO STEHT ES MIT DEM TRINKGELD

Nach mehreren Ankünften ist es wieder ruhig in der Hotelhalle. Nun möchte ich, daß Godzilla mal vorbeikommt und mich anschaut. Denn ohne Brille dürfte er nichts Anstößiges mehr an mir finden. Und ich stehe vorschriftsmäßig auf meinem Platz. Ich streife mit meinem Blick die vorgeschriebene Bahn vor mir auf und ab, vom Lift über das Kassierpult, Rezeptionspult, Portierspult bis zum Haupteingang und dann zurück, vom Haupteingang über das Portierspult, Rezeptionspult und Kassierpult bis zum Lift. Und dann wieder: vom Lift über das Kassierpult, Rezeptionspult, Portierspult bis zum Haupteingang und vom Haupteingang wieder über ...

Hoppla! Der Concierge will was von mir! Er hat soeben seinen Blick in meinen kurz eingehakt und zieht ihn nun bestimmt zu sich - wie ein Fischer einen an seiner Angel hängenden Fisch.

„Verstanden!" lasse ich den Concierge in unserer stummen Zeichensprache wissen, indem ich meinen Kopf drei Fingerbreit wie eine Guillotine fallen lasse. Denn wie gesagt, in der Hotelhalle wird zwischen uns nie gesprochen. Anstelle von Worten stehen Halb- und Viertelneigungen des Kopfes, Halb- und Vierteldrehungen des Halses, Zucken der Schultern, Fallenlassen des Kinns, sogar leichtes Flattern der Ohren, natürlich all das nicht einzeln ausgeführt, sondern in verschiedenen Kombinationen. Nur im Notfall bedient man sich eines Flüsterns, eines kaum wahrnehmbaren Zischens oder eines Zettels. Während der Concierge einem Gast auf einer Stadtkarte etwas zeigt, schiebt er mir mit der linken Hand ein Kuvert mit einer Ziffer darauf zu. Alles klar! Auf das Zimmer mit der geschriebenen Nummer soll ein Fax gebracht werden.

Kein Problem! Eigentlich ist es mir lieber, auf die Hotelgänge geschickt zu werden, um Faxe oder Briefe an die Türklinken zu hängen, als hier in der Hotelhalle vor Godzilla dauernd Habtacht zu stehen. Auf den Hotelgängen erscheint er seltener, denn dort tut er sich schwerer mit dem Kontrollieren. Uns, die Kofferträger, überhaupt als menschliche Wesen wahrzunehmen, ist keine leichte Sache. Nicht nur wegen der zwielichtigen Beleuchtung, sondern auch wegen unserer Tarnung. Schon kurz nach meiner Anstellung habe ich mir gemerkt, wie sich der Kofferträger auf den Hotelgängen verhalten muß. Ein gutes Vorbild hatte ich in meinem Kollegen Ivan. Der geht nicht, sondern schleicht auf den Zehenspitzen, oder besser gesagt, huscht wie ein Schatten an den Gangwänden entlang. Wenn wir uns zufällig auf einem Gang treffen, kann ich mich des Eindrucks nicht erwehren, eine Art Fabeltier, eine Mischung aus Nagetier und Reptil gesichtet zu haben. Sein Gesicht scheint sich in den vielen Dienstjahren etwas zurückgebildet zu haben, die Nase wirkt nun folglich etwas größer und seine glatte braune und immer frisch gebügelte Kleidung wirkt irgendwie pelzig. Er flüstert mir im Vorbeigehen immer ein nettes Wort zu, eine Nachfrage nach dem Befinden zum Beispiel:

„Wie geht's? Na, fleißig unterwegs?“, wobei er die Lippen mit der Zunge schnell anfeuchtet, als züngelte er ständig. Dieses Züngeln könnte von den Nüssen kommen, die üblicherweise im Wohnzimmer des abgereisten Gastes übrigbleiben und deren Verzehr, der einen Überschuß an Mundspeichel verlangt, für ihn ein Genuß ist.

Das ist eigentlich eine weitere selbstverständliche Anforderung bei unserem Job: auch auf den Gängen so wenig wie möglich, am besten überhaupt nicht wahrnehmbar sein. Nur da wir ganz körperlos nicht werden konnten, so sehr der Front Office Manager dies auch gewollt hätte, hatte er sich schon bei seinem Dienstaufstieg in diese Position manches bezüglich unseres Auftretens einfallen lassen. Zunächst wurde der Schnitt unserer Dienstuniform radikal geändert: der früher dreiteilige Anzug mit Krawatte wurde zu einer locker sitzenden zweiteiligen Sakko-Hose-Kombination, die man - wären daran nicht die Schulterklappen und die metallischen Knöpfe geheftet - für einen seltsamen Overall halten könnte. Dann wählte er für seine Modekreation eine Farbkombination aus, bei der das Sakko nur eine leichte Abwandlung des Tapetenmusters der Gangwände aufweist, während die Hosen in ihrem dunklen Braun fast nahtlos den Gangteppichen zuzuwachsen scheinen. Diese dadurch erzielte Verschwommenheit unserer leiblichen Präsenz war offensichtlich Godzilla nicht genug. Deswegen tritt er ab und zu unerwartet auf den Hotelgängen auf, und wehe dem, der dabei in der Mitte des Korridors gemächlich schlendernd erwischt wird! Der wird schon aus der Ferne mit einem heftigen, feuerspeienden Godzillablick an die Wand gefegt! Die Mitte des Korridors gehört - ein für alle Mal! - dem Gast und den Managern und nur ihnen!

Was also der Gast von uns auf dem Gang zu Gesicht bekommt, ist immer nur ein flüchtiges Detail, aus der Rück- oder Seitensicht: einen blinkenden Metallknopf, den gerade verschwindenden, flatternden Rand eines Dienstsakkos, den Schimmer einer gerade um die Ecke oder in die Wand verschwindenden Schuhsohle. Ja, richtig gehört: in die Wand! Denn an bestimmten Stellen entlang des langen Ganges gibt es unsichtbare Tapetentüren ohne Griff, durch welche wir jederzeit diskret verschwinden und auftauchen können. Es reicht, daß wir uns daran mit der Schulter ein bißchen kräftiger anlehnen und - hui! - lösen wir uns schon buchstäblich in Luft auf. Diese Tapetentüren führen zu Fluchttreppen, die sich auf alle Etagen erstrecken und den Zugang des Personals in die Nebenzimmer der Bankettträume, der Vortragsräume, der Küche, der Hotelhalle und der Kellerräume ermöglichen.

Die Fluchtwege sind für uns Kofferträger, Pagen und Zimmermädchen die einzige Zuflucht vor dem Godzilla-Auge geworden, denn nach einem Vorfall traut sich dieser nicht mehr dorthin. Ein Maskierter hat ihm vor ungefähr einem Jahr dort den Weg abgeschnitten, ihn mit einem Gasspray in die Augen gesprüht und anschließend derart verhauen, daß an ihm, als er dann wieder in der Hotelhalle wankend erschien, nicht mehr viel von der Selbstherrlichkeit eines Fünf-Sterne-Hotel-Top-Managers übrig war. Wer der Maskierte war, weiß man bis heute nicht. In einem Rundschreiben wurde dem Manager von der Direktion dazu gratuliert, „einen auf einem Stockwerk umherschleichenden Räuber gestellt und in die Flucht geschlagen" zu haben, und der Security-Abteilung wurde dabei für mangelhafte Aufsicht eine Rüge erteilt. Doch wir, die Kofferträger, glauben eher, daß es sich um einen der von Godzilla gefeuerten Mitarbeiter handelt. Er muß ein Ortskundiger gewesen sein und einer, der die Kontrollgewohnheiten des Front Office Managers gut kannte, sonst hätte er auf sein Opfer nicht ausgerechnet dort gewartet, von wo er dann unbemerkt durch einen Gang in die Kellergarage und von dort hinaus entschlüpfen konnte. Aber wer auch immer es gewesen war: seitdem ist Godzilla nie mehr auf einer Fluchttreppe erschienen.

Der war aber wirklich nett! Ich meine den Gast vom letztem Zimmer, wo ich das Fax abzugeben hatte. Ich dachte, er sei aus dem Haus, denn niemand meldete sich bei meinem Klopfen, aber als ich die Tür mit dem elektronischen Universalschlüssel öffnen wollte, stürzte ein Mann von innen zur Tür und stemmte sich dagegen. Er war ziemlich rot im Gesicht und seine an der Stirn klebenden Haarsträhnen waren naß. Auf alle Fälle: kaum habe ich ihm das Fax durch den Türspalt gereicht, schnappte er sich von hinten die Geldbörse, griff eilig hinein und reichte mir im Gegenzug einen Geldschein. Einen Hunderter! Wirklich nett. Denn bei dieser Aufgabe habe ich mit einem Trinkgeld nicht gerechnet.

Gewöhnlich bekommst du Trinkgeld vom Gast, wenn du ihn mit dem Gepäck aufs Zimmer begleitest. So naiv konnte ich nur am Anfang meiner Arbeit im Hotel sein, zu glauben, daß die Höhe des Trinkgeldes von der Anzahl der getragenen Koffer abhänge! Ich pflegte in den ersten Arbeitstagen sogar meine Anstrengung vor dem Gast zu unterstreichen, indem ich nach dem Hinlegen des Gepäcks mit dem Handrücken über die Stirn fuhr oder die Hände ausschüttelte, wie es die Gewichtheber tun! Erst später sah ich ein: Dem Gast ist letztendlich egal, wie schwer sein Koffer ist oder wie lange er getragen wurde. Um überhaupt etwas herauszurücken ist ihm nur eines wichtig. Was? Na, ja, daß jemand aus dem Fünf-Sterne-Haus, für das er tief in die Tasche greifen muß, ihn schon beim Eingang vom lästigen Gepäck befreit. Ob das schwer oder weniger schwer ist, ist für ihn nebensächlich. Warum der Gast das nötig hat, das weiß ich nicht. Ruft in ihm das Zusehen, wie der eigene Koffer von einem anderen geschleppt wird, das in jedem schlummernde Selbstbildnis hervor „ein Herr zu sein"? Oder bringt er vielleicht durch den zugesteckten Schein der Gottheit dieser Weltordnung nur ein kleines Opfer, die es mit ihm so gut gemeint hat, daß er sich mit Abschleppen von Gepäck nicht abzumühen braucht?

Auf alle Fälle wichtig dabei ist, dem Gast - bei der Abnahme und später beim Hinstellen des Gepäcks in seinem Zimmer - zuzulächeln und ihm einen „Guten schönen Aufenthalt" oder „Have a nice stay!" zu wünschen. Bei mir kommt das Lächeln ohne Mühe, denn für mich ist es schwieriger, das Lächeln zu unterdrücken, als es zu zeigen. Schon als Kind konnte meine Mutter auf mich nicht lange böse sein, wenn ich etwas anstellte, denn meine unbekümmerte Fröhlichkeit oder meine Nachahmungskünste brachten sie nach kurzer Zeit wieder zum Lachen.

Es kann also ruhig behauptet werden: wir, das kleine Team von Kofferträgern, Wagenmeistern, Pagen verdienen uns das bißchen Trinkgeld redlich. Denn von wem kann heutzutage behauptet werden, daß er dich wirklich gerne bedient? Die Kellner sprechen dich meist phlegmatisch von den Lippen heraus an, indem sie sich dabei immer wieder umdrehen. Da die Taxifahrer wissen, daß der Fahrgast nie für eine solche Kleinigkeit aus dem fahrenden Auto springen würde, dozieren sie ihre Ansicht zur Weltlage herunter, wenn sie nicht gerade durch die Zähne derbe Schimpfworte auf die erbärmlichen Wochenendfahrer zischen, die nur den Verkehr behindern. Wir aber, die Hoteldiener eines Fünf-Sterne-

Hauses, tun unsere Arbeit noch nach der alten Tradition eines noblen Etablissements, wie es sich gehört. Das ist die „Goldene Regel“ unseres Hauses. Dies verstanden zu haben, verdanken wir Kofferträger der Einschulung durch Stefan, den ehemaligen Kofferträgerchef „Lord Stefan“, wie wir ihn unter uns nannten.

Er ist schon vor Jahren in die Hotelkantine zur Bedienung versetzt worden. Weil er als Kofferträger nicht mehr flink genug war, wollte ihn Godzilla kündigen. Im letzten Moment soll sich der Generaldirektor für ihn eingesetzt haben, und so ist er in der Kantine untergekommen. Und dort ist er ebenso „Lord“ geblieben. Wenn ich zu Mahlzeiten die Treppen hinunterkomme - der Kragen wird dabei gelockert, ein Knopf aufgemacht - und in das milde Halbdunkel der Kantine eintrete, werde ich schon von dem vertraulichen Lächeln des Mannes da drüben hinter der Theke im weißen Mantel aufgeheitert. In der halben Minute zwischen dem ersten Griff nach dem Besteck und dem letzten nach der Kaffeetasse gelingt es ihm, jedem - ob Kellner, Houskeeper oder Kofferträger - etwas vom Streß zu nehmen, sei es durch seine Frage nach dem Befinden oder durch die Empfehlung von Speisen. Wenn man wieder die Treppen hinaufsteigt - der Kragen wird dabei zurechtgerückt, eine Falte an der Hose geglättet -, trägt man ein bißchen von seiner eigenen geschenkten Freundlichkeit mit sich, bereit, sie weiterzugeben. So ist halt Stefan geblieben, obwohl er nun nicht mehr Gästen, sondern dem Personal dient, viele darunter sind Ausländer.

Zu der Zeit, als er noch unser Chef war, kam über seine Lippen nie das Wort „Trinkgeld“, er verwendete höchstens das Wort „Blume“. In seinen Augen war der zugesteckte Schein lediglich eine Geste seitens des Gastes, durch welche er seine Dankbarkeit für den aufmerksamen Empfang unsererseits ausdrückte. Er sagte, daß zwischen dem Hotelgast und dem ergebenen Kofferträger ein „feinfühliges Band“, ja eine kurzlebige „Zweierbeziehung“ entstehen würde. Wie sonst sei es zu verstehen, daß der Gast - wenn er beim Tragen der Koffer kein geeignetes Trinkgeld bei sich hatte - dich nachher überall in der Hotelhalle sucht, um dir dann die „raschelnde Blume“ zu überreichen, als würde er sich von einer Last befreien?! Etwas stimmte an dem, was Stefan sagte, denn ich habe tatsächlich selbst erlebt, daß einer bei der Abreise so lange einen bestimmten Kofferträger suchte, daß er seinen Flug verpaßte.

Natürlich leuchtete manches Kofferträgerauge auf, wenn Stefan so redete. Klar! Denn dadurch bekam unser Job endlich einen Wert, und wir konnten so die geringschätzige Behandlung von anderen Hotelbediensteten besser verkraften. Es gibt immer wieder solche Wichtigtuer, wie zum Beispiel einen Barmann vom Hotelrestaurant, der unsere Bezeichnung „Bellman" immer wieder zum Anlaß für Sticheleien nimmt. Nachdem zum Beispiel der Kofferträger einem Gast am Tisch einen Brief auf einem silbernen Teller überreicht hat - worauf der Gast gewöhnlich ein Trinkgeld gibt -, klopft der Barmann hinter dem Kofferträger wiederholt mit einem Löffel an ein Sektglas, um so einen hellen Laut, ähnlich dem eines Glöckchens zu erzeugen. Bellman!

Ein Wichtigtuer aus dem Business Center im ersten Stock, wenn ich ein Fax für den Concierge abhole, fragt wie zufällig die Kolleginnen, auf meinen obskuren Anzug anspielend: „Geht es schon auf die Weihnachten zu?" Oder: „Mir war gerade, als hätte ich den Weihnachtsmann gesehen."

Über Stefan, den ehemaligen Bellcaptain, wurde manches gemunkelt. Er wäre der illegitime Sohn eines großen adeligen Bankiers von Wien und dessen Gouvernante, er sei in dessen Haus halb als Diener, halb als Familienangehöriger aufgewachsen. Nach dem Tod des Bankiers duldeten ihn dessen Söhne nicht mehr, sodaß Stefan das große Haus verlassen mußte. Vom Bild eines dem noblen Hause treu zugehörenden Dieners konnte er sich offensichtlich nicht mehr befreien, und nach mehreren Bürostellen bewarb er sich als Bellcaptain in diesem Luxushotel. Ob diese Geschichte stimmte?

Aber daß er, Stefan, von uns gewöhnlichen Kofferträgern dieselbe Hingebung erwartete, war übertrieben! Wie sollte sich einer von uns inwendig mit einem Gast verbunden fühlen, mit ihm ein Zwei-Mann-Team bilden, wenn man von einem früheren Besuch weiß, daß er überhaupt kein Trinkgeld oder nur ein schäbiges hergibt - ein paar ausländische, minderwertige Münzen oder sogar Groschen! Früher konnte man das Ausfallen des Trinkgeldes bei dem einen oder anderen Gast leichter verkraften. Aber in den letzten Jahren sind solche Geizhälse immer zahlreicher geworden! Darüber hinaus scheint die Gattung derer, die über den Zwanziger und Fünfziger plötzlich mit einem Hunderter herausrücken, fast schlagartig ausgestorben zu sein. Das konnte man nicht mehr so hinnehmen. Als Stefan in die Betriebskantine versetzt wurde, haben wir dies, trotz seiner Beliebtheit, als Erleichterung empfunden. Denn das, was bisher nur versteckt und hinter seinem Rücken praktiziert wurde, konnte sich jetzt als System entwickeln. Nämlich das Abrichten der knauserigen Gäste.

Damit sind solche gemeint, die schon vor dem Eingang beim Wagenmeister entschieden jede Hilfe ablehnen und dann wiederholt vor der Rezeption vor allen Leuten auf unser Angebot, ihr Gepäck zu übernehmen, mit einem „Nein, nein!“ „No, no!“, oder „Non, non!“ reagieren. Manche winken nur kalt ab, andere mit heftigem, wiederholtem Kopfschütteln, manche umkreisen ängstlich fuchtelnd ihr Gepäck wie eine Henne ihre Eier. Verstehen Sie solch einen Gast? Wir Kofferträger nicht! Er zahlt mindestens dreitausend Schilling für eine Übernachtung, aber aus Angst, einem Kofferträger einen Zwanziger geben zu müssen, hebt er sich mit seinem Gepäck einen Bruch. Und auch wenn er nur wenig Gepäck hat, wie ist das, einen Koffer in der durch feine Musik erfüllten Halle rumpeln zu lassen, ihn über die Schuhe der Kunden in den Lift zu zerren? Dieser grobe Verstoß gegen das eiserne Gesetz eines Luxushotels, Mensch und Gepäck vom Betreten des Hauses zu trennen, löst sogar bei den richtigen Gästen ein Kopfschütteln aus!

Früher begnügten wir uns damit, uns das Gepäck zu merken und falls es vor der Abreise bei uns zum Aufbewahren deponiert wurde, bekam es ein paar Kratzer so fein zugefügt, daß sie nur irgendwann später zu Hause sichtbar wurden. Woher soll man dann wissen, woher sie stammen: vom Flughafen, vom Taxi, vom Hotel? Außer einer Rachebefriedigung brachte diese Methode nichts, daher ist sie nach der Absetzung von Stefan durch eine viel effizientere ersetzt worden. Sicher,-- auch etwas brutaler - aber ist nicht auch die Realität der Hotelwelt brutaler geworden? Hat sich der Gast beim Aussteigen aus dem Auto dagegen gewehrt, dem Wagenmeister sein Gepäck zu überlassen, beginnt das Erziehungsverfahren des knauserigen Gastes automatisch abzulaufen. Der Wagenmeister stellt sich mit dem Rücken an die Wand, wo eine Klingel angebracht ist. Diesmal drückt er nicht nur einmal, wie sonst, wenn er einen Kofferträger zur Hilfe braucht, weil zu viel Gepäck auszuladen ist, sondern drei Mal stürmisch. Das bedeutet in unserer Codesprache:

„Achtung, Achtung! Geizhals betritt das Haus!“

Da rücken alle gerade zur Verfügung stehenden Kofferträger vor die Rezeption aus. Unbedingt muß darunter Lacsi sein. Er hat wie gesagt zwei Augen, aber sie wirken wie ein einziges, groß und wässerig, dem nicht zu entnehmen ist, ob er etwas versteht oder nicht. Eben deswegen kommt ihm eine Schlüsselrolle in diesem Ablauf zu, und falls er zum Zeitpunkt unterwegs ist, wird er durch einen ihm nachlaufenden ausgetauscht und runter in die Halle geschickt. Die Szene verläuft dann so:

Der knauserige Gast, beschäftigt mit der Ausfüllung der Unterlagen an der Rezeption, wird von drei Kofferträgern unauffällig abgeschirmt. Währenddessen schleicht sich Lacsi von hinten an das Gepäck heran, schnappt es und verschwindet damit durch den Koffer-Raum in Richtung Kofferlift. Sollte der Gast noch den sich entfernenden Lacsi mit dem Gepäck erblicken, wird ihm sein Schrei, man möge ihm gleich das Gepäck zurückbringen, er wolle selbst seine Koffer aufs Zimmer tragen, nichts nützen. Denn Lacsi schaut eventuell kurz zurück, zeigt seine „Ich-nichts-verstehen"-Miene, marschiert dann in hurtigen Schritten durch die Halle wie ein gerade abgefahrener Schnellzug, der durch nichts mehr zurückzuholen ist. Ist Lacsi im Zimmer angelangt und der trotzige Geizhals läßt immer noch nichts herausspringen, dann wünschen wir ihm alles Gute. Denn ein Ochse ist leichter aus dem Zimmer herauszukriegen als Lacsi, der sich mit dem Rücken gegen die Tür stellt und den Gast von dort mit seinem matten, nichtssagenden Doppelauge anstarrt.

Sagt der Gast „danke", reicht dabei aber keine echte „Blume" her, antwortet Lacsi zwar auch mit „danke", aber rühren tut er sich nicht von der Stelle.

Beginnt der Gast seine Kleidung abzulegen - um es dem Kofferträger deutlich zu machen, daß seine Anwesenheit nicht mehr erwünscht ist -, nimmt Lacsi unbekümmert den gerade abgelegten Mantel vom Sessel auf und hängt ihn säuberlich auf einen Kleiderhaken. Dann stellt er sich wieder an die Tür.

Beugt sich der Gast über seine Schuhe, um die Schnüre aufzulösen, beugt sich Lacsi über die Koffer, um sie genau auf ihren Platz zu rücken, daß heißt ein paar Millimeter nach links oder nach rechts von dem Platz, wo sie deponiert waren.

Passiert dennoch weiter nichts, geht Lacsi zum Fenster und zieht die Vorhänge ein Stückchen, je nach dem Wetter, auf oder zu.

Oder er nimmt den sauberen Aschenbecher vom Tisch und streicht mit seinem knorrigen Zeigefinger eine „Schmutzspur" von der inneren Seite.

Oder er fährt mit der Handfläche über das Bettlaken, um die „Falten" zu glätten. Oder er rüttelt das „zerquetschte" Kopfkissen zurecht. Und nach jeder dieser Handlungen, stellt er sich an die Tür, um den Gast von dort stumm und ausdruckslos anzustarren.

Wenn auch dies alles nicht geholfen hat, greift Lacsi zum letzten Trick: Er beginnt von einem Fuß auf den anderen zu treten, als ob er dringend wohin müßte, schaut in Richtung Badezimmer, macht einen Schritt dorthin, indem er seine rechte Hand an den Hosenschlitz bringt. Spätestens jetzt endet die Ausdauer des trotzigen Gastes, der übereilt nach seiner Geldbörse greift. Lacsi stößt dann, je nach der Höhe des Geldbetrages, ein mehr oder weniger deutliches Dankegebrüll aus. Dann verläßt er endlich, wie ein schwerfälliger Ochse, der etwas Zeit braucht, um sich umzudrehen, das Zimmer.

DAS RINGEN UM DEN „GOLDENEN APFEL"

Geisha sichtet Unterlagen in einer Mappe, am Tisch in der Hotelhalle mit dem Schild „Manager on duty" sitzend. So auf ihre Unterlagen konzentriert, fährt sie sich mit den Fingern langsam durch ihr fülliges Haar. Plötzlich blickt sie auf und lächelt kurz, weil sie meinen Blick bemerkt.

Nun aber verdeckt mir Giovanni den Blick auf sie. Wenn Geisha sich an ihren Tisch in der Halle setzt, taucht immer wieder der Chef des noblen „Prinz Eugen"-Restaurants in der Hotelhalle auf und bleibt dann einige gute Minuten so im Stehen bei ihr. Der Schlaumeier! Er überreicht ihr galant diesmal sogar eine Blume, die er wahrscheinlich einer Vase im Restaurant entnommen hat. Bei der Überreichung läßt er sie aber nicht gleich los und grinst vielsagend, als ob durch den nun von beiden gehaltenen Blumenstiel eine sinnliche Berührung stattfände.

Giovanni läßt sich ansonsten nie in der Halle blicken, außer im Durchgehen bei Dienstbeginn am späten Vormittag - da schreitet er mit federndem Schritt die Halle entlang und begrüßt allerseits mit frischem Lächeln - beziehungsweise beim Dienstende nach Mitternacht, wenn sein Schritt schlurfend und sein Lächeln müde ist. Ich sehe ihn aber öfter, und zwar immer wenn ich einem im Restaurant sitzenden Gast ein Fax oder einen Brief auf einem silbernen Tablett überbringe. Da erstaune ich jedes Mal. Die Wände der drei großen Restauranträume sind mit Seidenbrokat bespannt, an den Ecken stehen Kachelöfen, von der hohen Zimmerdecke hängen Luster aus böhmischem Kristall und auf den mit Verzierungen versehenen Tischen stehen prunkvolle Leuchten. Ich sehe dabei, wie Giovanni wendig wie ein Schatten um die Tische geht, nach dem Rechten sieht, mit den Kellnern bedeutungsvolle Blicke wechselt, sich bei einem Gast erkundigt, ob das Essen geschmeckt hat, dem anderen eine Speiseempfehlung gibt und wieder einem anderen etwas Witziges erzählt. Wichtige Gäste erwartet Giovanni schon im Empfangsraum an der Schwelle des Restaurants, wo auch die Garderobe untergebracht ist. Falls der Blick eines von ihnen, sei es auch nur eine Sekunde, nach oben auf die riesige Wanddekoration fällt, bekommt er gleich von ihm einen kurzen, kunstgeschichtlichen Kommentar darüber.

Darauf sei die „Schlacht um Wien" von einem unbekannten Meister aus dem vorigen Jahrhundert dargestellt, das Hotel habe das Kunstwerk kurz vor der Hoteleröffnung bei einer Versteigerung erworben. Sogar

Studenten von der Kunstakademie in Begleitung eines Professors kommen manchmal hierher, um dieses Gemälde zu besichtigen. In der oberen linken Ecke reitet Prinz Eugen hoch zu Roß und weist von einer Anhöhe mit ausgestrecktem Arm die hinter ihm reitenden Soldaten auf etwas hin. Dort unten in der Niederung sind, von schwebenden Rauchstreifen umhüllt, die Stadtmauern Wiens zu sehen und rundherum Geschütze, Pferdegespanne, Munitionslager und Regimenter der türkischen Belagerer. In der unteren rechten Ecke des Gemäldes ist das Hauptquartier der Türken, eine prunkvolle Zeltburg zu sehen, in deren Mitte der Großwesir selbst, Kara Mustafa, durch farbenfrohe Kleidung und korpulente Gestalt sich von den anderen abhebt. Das Bild sei eine Momentaufnahme des Überraschungsangriffes auf die türkischen Wienbelagerer am Ende des XVII. Jahrhunderts, sagt Giovanni in seinem Kommentar, den er sich von den wiederholten Erläuterungen durch die Professoren von der Kunstakademie abgehört hat. Das Kampfsignal wurde gerade gegeben, die Kavallerie und allen voran Prinz Eugens Reiter stürmen den Berg hinunter, die Artillerie hat soeben die ersten Salven auf die äußeren Positionen der Belagerer abgefeuert. Der unbekannte Meister dieses Gemäldes, der es mit der historischen Wahrheit nicht ganz genau genommen hatte, hatte zwei übergroße Heere gegenübergestellt, und vor allem zwei ehrgeizige Befehlshaber, denen klar ist, daß diese Schlacht für jeden von ihnen eine einmalige Chance bietet. Die Physiognomie des Prinzen Eugen und die Körperhaltung von Kara Mustafa - der letztere wird in seitlicher Rückenansicht dargestellt - sind derart ausdrucksvoll wiedergegeben, daß diese Momentaufnahme sogar etwas von der Gemütsverfassung der beiden Kontrahenten festhält. Was werden sich die beiden wohl sagen?, fragt Giovanni die Gäste rhetorisch, und falls keiner von ihnen ein Zeichen von Ungeduld gibt, daß es ihm eher nach Essen ist statt nach Kunsthistorischem, setzt Giovanni fort.

Schauen Sie sich die Miene des jungen Prinzen Eugen an! Sie zeugt vom Gefühl der gewaltigen Verantwortung, die er sich durch seinen ungewöhnlichen Angriffsplan aufgebürdet hat. In seinen Ohren klingt noch das Gemunkel manch älterer Generäle, man dürfte das Schicksal der christlichen Welt nicht den Händen eines Jungen überlassen, und darüber hinaus eines Landfremden, denn - fügt Giovanni an dieser Stelle wie nebenbei hinzu - seine Mutter war Italienerin. Zu waghalsig sei dessen strategisches Vorgehen, die Türken mit einem blitzartigen Angriff von den Bergen direkt auf ihr Zentralkommando herab zu überraschen. Nun sucht Prinz

Eugen voller Konzentration mit den Augen das feindliche Gelände ab, um sich zu versichern, daß der Feind seinen außergewöhnlich Plan nicht durchschaut hat. Und wenn er entschlossen nach vorne in die ferne Niederung auf das Hauptquartier der Türken mit der rechten Hand hinweist, dann vielleicht, weil er sich selbst Mut zusprechen will. Er braucht Mut, um weiterhin an die Richtigkeit seines gewagten Angriffsplans zu glauben, Mut vor dem kurz bevorstehenden Zusammenstoß mit den gefürchteten Janitscharen.

Und der Großwesir? Puren Hochmut strömt seine Körperhaltung aus. Daß er in einem Rausch der Unbesiegbarkeit schwelgt, ist schon an seinem linken Arm abzusehen, der anderswohin als in Richtung des angreifenden Feindes zeigt, nämlich auf die Stadtmauern Wiens. Nur das interessiert ihn, auch in diesem gefährlichen Augenblick. Der Maler wollte dem Betrachter dadurch vielleicht andeuten, daß der Großwesir eigentlich diesen längst fälligen Angriff des christlichen Heeres nicht ernst nimmt. Er glaubt sich von den Christen derart gefürchtet, daß auch dieses nur mit viel Geld zusammengestellte Heer beim ersten Gegenangriff der Janitscharen Hals über Kopf davonlaufen würde. Kara Mustafas Brustkorb ist herausgestreckt und sein Rücken gespannt dargestellt, als ob er bei dem Anblick des herannahenden Feindes in seinen Bart murmeln würde: „Komm nur näher, du ungläubiges Prinzlein, und du wirst samt deinem Haufen von Österreichern, Franzosen und Polen gleich im Schatten des Todes grinsen!“ Der Großwesir steht so, als ob er eigentlich diesen Angriff willkommen hieße. Denn nun kann er endlich mit einem Schlag zwei Ziele erreichen: Vernichtung dieses Heeres und als unmittelbare Folge die Übernahme der seit Monaten belagerten Stadt. Der „Goldene Apfel“ wird endlich fallen, denn wenn die verhungerten und erschöpften Belagerten noch einen Widerstand leisteten, dann nur deswegen, weil ihre Hoffnung sich an die Hilfe dieses Heeres klammerte. Und mit dem Fall von Wien läge die ganze christliche Welt zu Füßen des Halbmondes. Der „Sieg der Siege“ ist ihnen sicher, scheint der Großwesir auf dem Gemälde seinen Generälen zu verkünden, denn dieser Sieg wird alle vorherigen in den Schatten stellen. Er malt sich bereits seine ruhmreiche Rückkehr nach Istanbul aus und wie seine Widersacher sich dann vor Liebenswürdigkeit überschlagen würden, ja, dieselben, die ihn beim weichlichen Sultan Mehmed als unfähigen Kriegsführer schlecht gemacht hatten.

Ein jüngerer türkischer Offizier aus der Nähe des Großwesirs versucht umsonst dessen Aufmerksamkeit auf eine ausgebreitete Karte zu lenken, weil ihm - wie seiner besorgten Miene zu entnehmen ist - die ungewöhnliche Richtung dieses ersten Überfalls Sorge bereitet: Sollte man nicht vielleicht das Hauptquartier ein paar Kilometer nach hinten verlegen? Kara Mustafa zeigt dem jungen Offizier die kalte Schulter, an seinem noch sichtbar herabgelassenen linken Mundwinkel ist die Überheblichkeit erkennbar, als würde er darauf voller Ironie ausrufen: „Uns hier angreifen?! Die machen sich schon jetzt in die Hose! Wir haben doch die Gefangenen in den vorherigen Schlachten großzügig frei nach Hause gehen lassen - nur mit ausgestochenen Augen, abgeschnittenen Zungen, Ohren, Armen! Die haben doch alle im Hinterkopf, bei erster Gelegenheit die Flucht zu ergreifen. Veranlassen Sie lieber, daß ein paar Regimente aus der Verteidigung donauaufwärts reiten, um dort den Angsthasen die Fluchtwege abzuschneiden!"

So beendet Giovanni gewöhnlich seinen Kommentar zum Gemälde und lädt die Gäste mit einer Handbewegung in die prunkvollen Restauranträume ein.

Nun verläßt der Restaurantmanager Giovanni den Tisch, wo Geisha sitzt. Er tut dies aber ziemlich abrupt. Aha! Godzilla steigt gerade die Treppe von der Loggia herunter, mit grimmigem Blick und etwas nach vorne geneigtem Rumpf. Das bedeutet nichts Gutes! Er geht mit festem Schritt direkt auf Geishas Tisch zu. Ich frage mich nur, wie wird Giovanni die Annäherung Godzillas bemerkt haben, denn er stand doch mit dem Rücken zu der Wendeltreppe, woher sich Godzilla nun nähert. Entweder wird er den Tritt Godzillas aus der Ferne erkannt oder etwas auf Geishas Gesicht hat es ihm signalisiert. Auf alle Fälle verließ Giovanni Geishas Tisch fluchtartig: indem er ihr weiterhin galant zulächelte, richtete er sich plötzlich auf, machte ein paar Schritte rückwärts, drehte sich um und marschierte mit zwischen den Schultern eingezogenem Kopf und zurückgelegten Ohren in Richtung seines Terrains, des Empfangsraumes des Restaurants. Ach so! Signore Giovanni fürchtet sich auch vor Godzilla! Giovannis Rückzug endete erst beim Betreten des imposanten Restauranteinganges, ein Torbogen mit zweiköpfigem Adlerwappen und Trophäen geschmückt. Kaum hatte er sich darunter gestellt, schnellten ihm Kopf und Ohren wieder empor und er wurde wieder der höfisch wirkende Restaurantchef von vorhin.

Nun steht er noch an der Schwelle seines Restaurants und wirkt so, als hätte er vor, zurückzuschlagen. Ja er steht irgendwie provokativ, mit gespreizten Beinen, nach hinten verschränkten Armen, das Gesicht stets der Hotelhalle zugewandt. Sein verkniffener Blick scheint nun Zentimeter um Zentimeter in Richtung Godzilla und dann mehrmals in konzentrischen Kreisen um diesen herum zu streifen, als würde er gerade den Plan eines bevorstehenden Überfalles auf dessen Gebiet überlegen. Der Italiener wirkt so, als wollte er seine erlittene Demütigung, die Vertreibung von Geishas Tisch, durch einen Gegenangriff vergelten.

Ich kann mir nur schwer ein Lachen verkneifen, denn mir fällt nun auf, wie er da angriffslustig steht ... Ja, unglaublich, aber der Restaurantmanager Giovanni hat etwas von dem berühmten Prinzen Eugen angenommen, von dessen Abbild oberhalb des Restauranteingangs. Natürlich nur teilweise, der Situation entsprechend. Denn in der oberen linken Ecke des Gemäldes sitzt der junge Prinz in seinem Harnisch hoch zu Roß, die Beine in den Steigbügel gespannt, die rechte Hand in die Ferne weisend, die linke Hand die Zügel seines auf den Hinterbeinen stehenden Rosses festhaltend. Ungefähr ebenso steht Giovanni jetzt in dem imposanten Empfangsraum seines Restaurants, die linke Hand am unteren Knopf seines eleganten Armani-Sakkos zur Faust geballt, als würde er, wie sein Vorbild, zwei Meter oberhalb seines Kopfes Pferdezügel festhalten. Er wippt dabei immer wieder auf den Zehenspitzen, um wahrscheinlich - in Ermangelung eines Rosses - größer zu erscheinen.

Godzilla, an Geishas Tisch angelehnt, erwidert den feindlichen Blick Giovannis mit einem ebenbürtigen. Der Teufel soll mich holen! Godzilla selbst steht nun ungefähr so wie Kara Mustafa auf dem großen Gemälde: die Beine gespreizt, den rechten Arm in die Hüfte gestemmt!

Was werden sich die beiden Manager nun in ihrer Blickkonfrontation sagen wollen? Von meinem Winkel aus, auf dem Kreisbogen vor Rezeption, Kassierer und Concierge, sehe ich, wie immer wieder deren Blicke voller Wucht aneinanderprallen. Sie bleiben eine Weile ineinander verkeilt wie die Geweihe zweier Hirsche in einem Kampf, bei dem schließlich der gewinnt, der länger aushält. Dann lösen sich die Blicke voneinander, Giovannis Blick tastet erneut das Gelände um Godzilla herum ab, Godzillas Blick schweift besitzergreifend zur Geisha. Nach einigen Sekunden scheinen die Blicke der beiden langsam sich in zwei lange Kanonenrohre zu verwandeln, die sich gegeneinander richten. Bumm! - vernehme ich das unhörbare dumpfe Grollen des gewaltigen Zusammenpralls. Was werden sich die beiden Manager in diesem Augenblick sagen wollen?

Na, ja, Schimpfworte und Drohungen, was sonst, denn auch hier geht es letztendlich um einen „Goldenen Apfel“: Geisha. Giovanni will vielleicht diesen duftenden „Goldenen Apfel“ riechen, um zu beweisen, daß er noch ein unwiderstehlicher Charmeur ist. Und Godzilla will seine Assistentin nicht einmal für einen Flirt abtreten und auf gar keinen Fall einem Abteilungsleiter, der ihm beim Generaldirektor Konkurrenz macht.

Wir, die Kofferträger wissen, daß Godzilla die Anwesenheit von Giovanni in der Nähe Geishas nicht duldet. Lacsi versuchte schon von Anbeginn dem Eindringling das Leben in der Nähe von Geisha schwer zu machen, indem er mehrmals diesem über den Weg lief. Auch Pepe hat sich an diesem Hetzen beteiligt, indem er Giovanni mit einem schlampig geschleppten Koffer leicht angerempelt hat. Und ich auch, indem ich dem Restaurantchef bei seiner Vertreibung durch Godzilla wie ein Rausschmeißer nachging. Doch Godzilla lächelt nur den beiden dankend zu, meinen Korpsgeist und meinen Einsatz übersah er aber! Oder wollte er dies nicht zur Kenntnis nehmen? Obwohl ich die Beatles-Brille nicht mehr trage!

Bevor er die Halle verließ, hat er mir wieder denselben kritischen Blick zugeworfen!

ODER LIEGT ES VIELLEICHT AN MEINEN OHREN?

Es liegt also nicht an der Brille, daß der Manager auf mich herabgesehen hat. Sondern an etwas anderem. Ich muß es schnell herausfinden, bevor es zu spät ist. Wenn ich mir noch einmal seinen Blick von vorhin vergegenwärtige, dann ... Warte! Er verkniff dabei seine Augen, so wie man es macht, wenn man durch das Schließen der Sinnespforte einen unangenehmen Eindruck abwehren will. Und gleichzeitig mit der Verengung des Sehschlitzes ließ er den Kopf etwas nach hinten fallen, als ob er dadurch die Distanz zu dem, was ihm unangenehm erschien, vergrößern wollte. Was wird er um Gottes willen bei mir immer wieder anstößig finden? Die Haare sind frisch gewaschen, die Uniform hat keinen Knick, die Schuhe haben keinen Fleck. Es muß doch etwas sein, was an einer Partie des Kopfes liegt, irgendwo um die Augen herum. Aber die Brillen sind es nicht. Was dann? Nur Ruhe bewahren! Etwas wird mir an seinem starren Blick auf mich doch entgangen sein. Noch einmal von Anfang an also:

Erstens: bevor sein Blick vor meinem Gesicht ruckartig stehenblieb, spaltete er sich in zwei Miniblicke. Zweitens: der eine Miniblick wich gleich rechts und der andere gleich links auf die Gesichtsseiten aus. Drittens: der rechte Miniblick begann anschließend eine Stelle zu umkreisen, die ungefähr dort liegt, wo - hätte ich den Kopf in einer Mikrowelle gehabt - der Öffnungsgriff stünde, während der zweite Miniblick eine genau symmetrisch gelegene Stelle, an der linken Gesichtsseite umkreiste. Viertens: der Zwillingsblick streifte diese Seitenstellen an meinem Gesicht nicht sanft, sondern wie zwei bohrende Pfeile.

Also: Zwei Stellen an meinem Gesicht müssen das sein, an denen der Zwillingsblick des Managers gereizt hackte wie zwei Hühnerschnäbel an den Enden eines aus der Erde gekrochenen Regenwurmes. Wenn dies nicht die Brille ist, was sonst? Warte! Am Eingang des Hotelrestaurants steht ohnehin ein großer Spiegel mit dickem, verziertem Holzrahmen! Ich werde nun so tun, als ob der Spiegel einen Schmutzfleck hätte, eine Serviette aus der Westentasche herausziehen, hinschreiten und nun den fiktiven Schmutzfleck durch langsame Drehbewegungen entfernen. Nein, es hat sich eigentlich bei mir nichts geändert: Augen, Augenbrauen, Backenknochen, ein kleiner Ansatz von Doppelbart, sonst nichts. Und was, wenn mir mein Gesicht vielleicht zu vertraut ist, um eine Änderung wahrnehmen zu können, denn ich betrachte es jeden Tag beim Waschen und Rasieren! Ich werde nun den Kopf abrupt zum Spiegel drehen, sodaß mir mein Gesicht für den Bruchteil einer Sekunde wie das eines anderen erscheint, indessen aber weiter das Glas putzen - ist aber der Schmutzfleck hartnäkkig! So. Nun eine abgehackte Kopfdrehung zum Spiegelglas hin.

Hoppla! Etwas Unvertrautes schien mir diesmal kurz über mein Gesicht zu huschen. Eine Kleinigkeit, ich weiß nicht was, aber etwas ist anders an meinem Gesichtsausdruck im Vergleich zu früher. Hi! Ich weiß schon! Die Ohrmuscheln! Das ist es! Die waren früher frei, nun sind sie vom langen Haar bedeckt. Wieso habe ich den Friseurtermin übersehen? Er wäre gewesen genau einen Tag, nachdem die Neue bei uns im Hotel eingestiegen war, der erste Urlaubstag des Managers. Ja, jeweils am Fünfzehnten des Monates gehe ich zum Friseur, sonst fällt mir mein lockiges Haar über die Stirn und die Ohren. Und das erzürnt Godzilla. Ich erinnere mich doch an seine Geste, zwei Wochen nach meiner Anstellung hier: Er kam knapp an mir vorbei, brachte mit einer unauffälligen Bewegung die Zeigefinger an die beiden Schläfen und fuhr damit übers Haar bis zu den Ohren hinab.

„Heute noch zum Friseur!" bedeutet diese Geste.

Nun aber war der Manager fort und auf den Friseur habe ich vollkommen vergessen. Oder? Na, eigentlich habe ich den Friseur nicht vergessen, nein. Ich wollte mir nicht nur eine Beatles-Brille, sondern eine Beatles-Frisur zulegen wie damals in der vierten Volksschule, als ich mich für Claudia aus der Parallelklasse interessierte. Bis dahin trug ich kurzes Haar und es machte mir nichts aus, daß meine älteren Brüder mich immer wieder wegen meiner angeblich langen Ohren hänselten. Besonders wenn sie mich, den Jüngsten, auf Druck meiner Mutter auf den Spielplatz mitnehmen mußten, sagten sie widerwillig:

„O.k., klapp dir die Rückspiegel ein und komm einmal!"

Dann ist mir zu Ohren gekommen, Claudia hätte gesagt, ich schaute George Harrison von den Beatles ähnlich. So ließ ich mir daraufhin langes Haar wachsen, denn eine runde Brille mit schwarzer dünner Fassung, wie der berühmte Star hatte, konnte ich mir damals nicht leisten.

Das muß Godzilla wild gemacht haben am ersten Tag, als er aus dem Urlaub zurückkehrte und mich zum ersten Mal durchleuchtete: mein inzwischen lang gewachsenes Haar! Zusammen mit der Brille vielleicht, aber ganz störend empfand er bestimmt das lange Haar, denn heute soeben hat er mich doch wieder gemessen, obwohl ich keine Brille mehr trug!

Seltsam daran ist nur, wieso duldet Godzilla nur bei mir kein längeres Haar und bei manch anderem Kollegen schon! Wieso? Vielleicht aber stößt er sich doch nicht an meinem langen Haar, überhaupt nicht an etwas, was ich habe. Vielleicht habe ich nicht, besser gesagt, nicht mehr, was die anderen haben ... Wenn ich mich nun umschaue und die Kofferträgerkollegen einen nach dem anderen genauer betrachte, dann ... Ja, jeder fällt durch etwas auf: Lacsi durch das matte Doppelauge, Pepe durch den Nagelkopf, Ivan durch die gruftartige Hautfarbe, nur ich ... Warte kurz! Solang ich kurz frisiert war, ruhte doch des Managers Blick im Vorübergehen immer zufrieden auf meinem Gesicht. Das ist es. Früher fiel ich selber durch etwas auf: meine Rückspiegel-Ohren! Sie sind nun durch das lange Haar bedeckt! Aber das entspricht nicht mehr voll der Betriebsphilosophie unseres Managers, wonach unsere Rolle sich keineswegs darin erschöpft, Koffer zu schleppen, sondern durch auffälligen Kontrast das Antlitz der gehobenen Gäste und der feschen Rezeptionistinnen besser zur Geltung zu bringen. Klar! Durch das Verschwinden meiner prächtigen Löffel unter dem langen Haar sprang mein Erscheinungsbild offensichtlich aus dem Rahmen. Morgen früh gehe ich zum Friseur, lasse mir das lange Haar gehörig stutzen, sodaß meine vom Manager vermißten Löffel wieder emporragen. Dann wird Godzilla mich wieder o.k. finden - wer weiß, vielleicht würde ich wieder sein Lieblings-Kofferträger werden! So könnte ich von Tag zu Tag der Neuen die Schlinge meiner Annäherungsversuche immer enger zuziehen, bis es so weit kommt, daß dem in mir schlummernden verhinderten Schuß nichts mehr in Wege steht, um sich auf sein so lange vermißtes Ziel zu stürzen.

Schau! Claudia. Na, endlich kommt sie durch die Hintertür in die Rezeption! So, nun werfe ich meinen Lasso-Blick und warte, daß sie sich darin fängt. Sie blickt aber noch nicht auf, nun aber: Zunächst gleitet ihr Blick zur Eingangstür, nun macht er sich auf den Retourgang, jawohl, auf mich zu, da wird er ein wenig langsamer, bald wird er auf meinen Blick stoßen und „Klick“ machen. Immer mehr nähert sich ihr Blick: heiß, heißer! Am heißesten!

Was?! Ihr Blick blieb diesmal an meinem nicht hängen, sondern übersprang ihn wie ein hastiger Jogger einen am Weg liegenden Ast. Das gibt's nicht! Was hat sie denn?! Sie wird mich bestimmt nicht gesehen haben. Ich mache mir also Mut, schreite an das Pult heran, aber als ich ganz in ihrer Nähe bin ... Na bitte!? Sie wendet sich schnell mit dem Rücken zu mir, indem sie etwas in einem hinter ihr stehenden Fach sucht, sodaß mir, um mir eine größere Blamage zu ersparen, nichts anderes übrig bleibt, als geschwind auf meinen Platz zurückzutreten. Was ist mit ihr los? Ist sie auch heute mit dem linken Fuß aufgestanden? Oder wird sie auf mich noch böse sein, wegen damals?! ... Aber der kleine Vorfall zwischen uns liegt mehr als eine Woche zurück und inzwischen war alles in Ordnung! Die Verstimmung hat sowieso nur kurz gedauert.

„Wann? An den nächsten Tagen kann ich nicht. Heute abend aber ja!", antwortete sie auf meinen Vorschlag, auf einen Kaffee auszugehen. Dabei fiel ihr aber eine lockige Strähne in die Stirn, und die Lippen bekamen eine verspielte feuchte Spur, sodaß ich - sommerliche Lüfte auf meiner Brust verspürend, wie damals als Claudia und ich mit Fahrrädern unterwegs waren - gleich den nächsten Gang einschaltete:

„Oder lieber direkt bei mir zu Hause?!"

Ich kann nicht wissen, was man mir dabei auf dem Gesicht ablas, aber sie machte große Augen und ihr Lächeln schmolz gleich dahin, es behielt nur mehr die leere Hülle, die man dem Gesprächspartner zuliebe noch nicht ablegt.

„Aber ich habe doch einen Freund! Du weißt doch eh!"

Erst jetzt sah ich, daß ich mit meiner Überstürzung ins Fettnäpfchen getreten war. Doch das erste, was mir dabei einfiel, war ein in letzter Sekunde verbissenes:

„Bist du aber blöd!" wobei die Beschimpfung gleichermaßen an sie und an mich selbst gerichtet war. Aber ich konnte nichts dafür, denn es war der ungeduldige Schuß, der mich dazu drängte.

Natürlich kannte ich ihren Typ, als er einmal bei Claudia im Hotel vorbeischaute. Ein Dirigent, sagte sie stolz, wäre er. Mir ist er aber ziemlich unscheinbar vorgekommen, wie eine Auslagenfigur. Was wird sie an ihm gefunden haben? Erstens ist er wesentlich älter, auch wenn er mit seinem lässigen Auftreten - ein zwei Tage unrasierter Bart, das lang über die Hüften herabhängende Hemd, eine kurzes Gilet und hohe Schuhe - jünger wirken wollte. Zweitens hatte er etwas Herablassendes an sich. Er wird bestimmt so ein Hochstapler sein, wie alle Wichtigtuer auf der Bühne, die sich so lächerlich abplagen, obwohl keiner der Orchestermitglieder ihr Herumfuchteln beachtet. Sie sollten gefälligst nicht mehr mit dem Rücken zum Publikum stehen! Wird Claudia ihm etwas von mir erzählt haben? Denn er musterte mich damals mit einem verstohlenen ironischen Lächeln

- meinen obskuren Kofferträger-Anzug, die goldenen Jackenknöpfe, die Epaulette, mein Dienstschild.

Auf alle Fälle war das gemeinsame Ausgehen geplatzt, Claudia redete sich auf ein Treffen mit einer Freundin aus, das sie beinahe vergessen hätte. Ein paar Tage lang haben wir miteinander kein Wort mehr geredet, ich spielte den beleidigten Mißverstandenen, sie spielte die gekränkte anständige Dame. Doch während einer Mittagspause in der Kantine überwand ich mich, ging zu ihrem Tisch und begann eine Entschuldigung zu murmeln. Sie schien darüber erleichtert zu sein, ließ mich mit einem wiederholten „Vergiß es!" nicht einmal enden. Und seitdem war unser Einvernehmen eigentlich wieder herzlich, ja mir schien, daß zwischen uns langsam eine wachsende Mittäterschaft wuchs. Denn nach meiner Entschuldigung, fragte ich sie sogar - mit gewaltiger Willensanstrengung - nach dem Befinden ihres Freundes, und in ihrer Anwort spürte ich so etwas wie eine leichte Verzweiflung. Sie selber wisse es momentan nicht, weil der Freund noch bei seiner alten Mutter wohne, und sie, Claudia, müsse immer auf sein Telefonat warten! Bei diesem Satz horchte ich auf, wie eine schlaue Katze, die im Flattern einer über ihr fliegenden Taube eine kaum wahrnehmbare Spur der Erschöpfung spürt. Und ich entschloß mich, weiterhin mit offener Schlinge in Claudias Nähe zu verweilen. Heute wird sie aber mit dem linken Fuß aufgestanden sein. Oder wird sie ihr Typ gekränkt haben! Der Hochstapler! Zwar käme mir dies gelegen, trotzdem würde ich mir den Typ gerne vornehmen. Ich würde ihn an seinem künstlerischen Bärtchen packen, wiederholt gegen die metallischen Wände des Gepäckliftes schlagen, so wie wir Kofferträger es mit Koffern machen, deren Besitzer kein Trinkgeld gegeben hatten. Wir entwerten dessen Koffer um mindestens den Wert des Geldes, das er sich am Trinkgeld erspart hat.

DER JAPANER MIT DEM SAMSONITE-KOFFER

Ja, Claudia wird offensichtlich heute auch mit dem linken Fuß aufgestanden sein.

Was haben denn alle heute?! Ich sollte nicht mehr darüber nachgrübeln, sondern mich lieber voll auf die Arbeit konzentrieren, daß ich keine unangenehme Überraschung erlebe. Na ja ... Auch mit der Original-Claudia, der aus der Parallelklasse hatte ich gelegentlich Unangenehmes erlebt, wenn ich mich richtig besinne. Zum Beispiel damals, als ich mit meinem Freund Calin Motorrad fahren wollte.

Eines Tages, als Calins Eltern nicht zu Hause waren, hat er aus dem Geräteschuppen im Hinterhof das Motorrad seines Vaters geholt, um heimlich eine Runde zu drehen. Wir haben es dann auf Schleichwegen zwischen Gärten bis zum Dorfrand geschoben, und nachdem wir uns versichert hatten, daß niemand uns sah, überquerten wir die Landstraße und gelangten so auf einen Weg zwischen den Maisfeldern. Zuerst sind wir zusammen eine Strecke gefahren, er vorne und ich hinter ihm auf dem Beifahrersitz. Er wirkte sehr sicher und sagte mir immer wieder:

„Siehst du? Es ist babyleicht! Genau wie beim Radeln. Erster Gang, zweiter Gang ... was sagst du?"

Ich kicherte nur vor Begeisterung. Wie großartig, daß er ein Motorrad selber fahren kann! Und während ich ihn so bewunderte, tauchte unmerklich im meinem Kopf ein anderes Bild vor mir auf: Ich sah mich an Stelle Calins das Motorrad geschickt lenken. Und weiters sah ich in meiner Einbildung, wie mir zufällig meine heimliche Liebe aus der Parallelklasse, Claudia, entgegenkam und mich mit ihren großen Augen anstaunte. Da ist mir ein:

„Darf ich auch eine Runde alleine machen?!" herausgerutscht.

Zuerst zögerte Calin und murmelte etwas, daß es nicht so einfach sei für einen, der keine Erfahrung hat, er hätte immerhin schon ein paar Mal im großen Hof zu Hause probiert, und während seines Zögerns war ich selber nicht mehr sicher, ob ich es überhaupt wollte. Aber als er plötzlich „Na gut, steig auf!" sagte, konnte ich nicht mehr umhin, es zu versuchen. Er hielt das Motorrad von hinten, und ich ergriff langsam mit einem innerlichen Zittern das Lenkrad, während ich ein Bein über das Motorrad schwang:

„Aber halte es, bis du siehst, daß ich fest darauf sitze", sagte ich ihm.

Ich drückte die Pedale hinunter und fuhr los.

„Schneller, schneller!"

schrie Calin, hinter mir her laufend, „sonst kannst du das Gleichgewicht nicht halten!"

Ich drehte den Griff weiter nach vorne, das Motorrad sprang vor.

„Bravo: Es ist Zuug!" schrie ermutigend Calin, der plötzlich hinter mir zurück blieb. Nach dem anfänglichen Schreck, nun ganz allein auf einem fahrenden Motorrad zu sitzen, merkte ich, daß das Motorrad ohne Anstrengung gerade blieb. Ich drehte den Griff nach hinten, es wurde ein bißchen langsamer - aha!, das ist der erste Gang - wieder nach vorne, es lief wieder schneller - also jetzt bin ich im zweiten Gang. Es ist tatsächlich babyleicht!

Was für ein Gefühl! Die vor Aufregung entstandenen Schweißperlen auf dem Hals und unter den Achseln begannen durch den Luftzug zu trocknen. Ab und zu streifte mich ein längeres Maisblatt, aber langsam verstand ich es, den Blättern auszuweichen. Oh! ...Es ist schön! Es ist Zuug! Vor Entzücken lachte ich laut. Und ich wünschte mir nur eines: daß Claudia zufällig vorbeikommen und mich so sehen würde! Es ist durchaus möglich, manchmal begleitet sie doch ihren Opa auf dem Fuhrwerk! Da würde ich anhalten und sie auf den Beifahrersitz steigen lassen. Sie würde mich um die Hüfte fassen müssen, und wir würden so ein Stückchen weiterfahren! Claudia! Meine Claudia ... Würde ich ihr jetzt begegnen, würde ich anhalten und ... Als ich mir das alles sagte, wurde mir plötzlich bei dem Satz:

„Ich würde anhalten und sie auf den Beifahrersitz steigen lassen!" irgendwie unheimlich zumute.

Wie würde ich denn überhaupt anhalten?! Diese aus heiterem Himmel gefallene Frage, löschte mit einem Schlag die ganze schöne Träumerei aus. Wie halte ich nun - meine Güte! - an? Das hat Calin mir nicht gezeigt! Und in der Aufregung habe ich auch vergessen, danach zu fragen! Ich versuchte gleich, den rechten Griff nach hinten und abermals nach hinten zu drehen, aber das zweite Mal ging es nicht mehr. Zwar verlor das Motorrad an Geschwindigkeit, aber es lief noch immer schnell. Ich drückte etwas am linken Griff, das wie eine Fahrradbremse ausschaute, aber das beschleunigte die Geschwindigkeit nur. Nun drehte ich entsetzt den Kopf, und brüllte zu Calin:

„Wie halte ich nun an?"

Aus der Entfernung verstand er zunächst nicht, aber als ich ihm abermals zurief, sah ich, wie er sich die Hände auf den Bauch legte und sich zusammenkrümmte, als sei er von einem Lachanfall befallen. So war Calin: Er wäre für mich ins Wasser gesprungen, aber wenn er etwas lustig fand, lachte er sich zu Tode, und minutenlang konnte man von ihm kein klares Wort herausbekommen. Plötzlich verschwand er nach einer Kurve aus meinem Sichtfeld. Ich überlegte schnell: Soll ich vielleicht abspringen? Aber der Gedanke, erst vor zwei Jahren wegen eines Sprunges von einem Apfelbaum sechs Wochen lang mit einem Bein in Gips gelegen zu sein, brachte mich von diesem Plan ab. Aber wenn ich weiter fahre, mündet gleich der Weg in die Landstraße und da gibt es Lastkraftwagen, Traktoren, Fuhrwerke ...

Meine Güte, worauf habe ich mich eingelassen! Ich war so aufgeregt, daß ich nicht mehr auf den Weg aufpassen konnte. So fuhr ich durch kleine Lacken und spritzte mich von unten bis in die letzte Haarspitze mit Kot an. Inzwischen kam ich schon zu der Stelle, wo der schmale Weg in die Landstraße mündete, und ich wußte noch immer nicht, wie ich anhalten sollte. Was mach ich nun?! Kurz vor der Ausfahrt gab es ein unbebautes Feld und in seiner Mitte einen Heuhaufen. Das ist meine letzte Chance. Denn auf der betonierten Landstraße geht es nicht mehr. Ich steuere darauf zu. Sobald ich ganz nahe bin, hebe ich die Beine von den Stützpedalen möglichst hoch und mache die Augen zu. Im nächsten Moment spüre ich die Erschütterung des Aufpralls auf einer harten Oberfläche. Ich schaue mich um: Ich liege auf der spärlich mit Gras bewachsenen Erde, während das Motorrad mit einem sich noch drehenden Rad im Heuhaufen steckt. Genau verkehrt. So war es nicht geplant gewesen. Aber Gott sei Dank, außer ein paar Kratzern an einem Bein - es dürfte von dem hinteren Kotflügel ein bißchen zerkratzt worden sein - bin ich heil und gesund.

Ich richte mich auf und begebe mich, das Motorrad schiebend, zu Fuß zurück. Nach einer Kurve sehe ich Calin, laufend mit einem nun besorgten Gesicht, und als er mich plötzlich vor sich sieht, glotzt er mich unschlüssig an. Ich bemühe mich zu lächeln, als ob nichts gewesen wäre.

„Ich habe es dennoch geschafft anzuhalten. Die Fahrt war toll. Es war einfach Zuug!"

„Die Scheuklappen!" erwidert er darauf. Was will Calin damit sagen?

„Die Scheuklappen im Dienst ablegen!" drängt nun wiederholt ein leises, aber nicht weniger deutliches Zuflüstern an mein linkes Ohr. Kaum wende ich mich hin, sehe ich anstelle eines kindlichen Gesichts mit zerrauften Haaren und einem gebrochenen Vorderzahn, - verdammt! - den frischfrisierten, unverwechselbaren Eierkopf des Front Office Managers. Godzilla! Er steht in Person gleich neben mir, Gott weiß wie lange schon, schaut aber anderswohin, und dennoch wandte er sich zweifelsohne an mich, denn einem der herumstehenden Gäste würde er sicherlich nicht durch den Mundwinkel so etwas zuzischen. Was will mir Godzilla mit „Scheuklappen ablegen!" sagen? Ich rücke den Kopf darauf dorthin, wohin, nach der Position seines Hinterkopfes, sein Blick gerichtet ist. Das gibt es nicht! Ein riesiger Koffer wackelt leicht durch die Halle langsam und in Richtung Lift. Und ein kleiner Japaner geht dem Koffer voraus! Wie konnte es möglich sein, daß ich ihn übersehen habe, er muß doch an mir vorbeigegangen sein!

Nun weiß ich schon: Wenn es mir nicht gelingt, den Japaner einzuholen, bevor er den Koffer in den Lift gezerrt hat, ist mein Schicksal besiegelt! Los, auf den Japaner! Nein, ich habe keine Zeit, mich darüber zu wundern, daß mir der große Boß diese Chance überhaupt gab, wie gering sie immer ist, wenn man bedenkt, daß unter normalen Verhältnissen der Schuhtritt des Nipponen in die Zone, die die automatische Öffnung der Lifttür bewirkt, in höchstens fünf Sekunden erfolgen dürfte. Mein Chef hätte diese Sekunden ebensogut vorbeigehen lassen können, ohne mich darauf aufmerksam zu machen, und ich hätte mich vor demjenigen Personal in der Halle, das uns beiden nun mit dem unauffälligen „Blick unter der Dachrinne" zuschaute, genug blamiert, daß niemand in den nächsten Tagen fragen würde, wo ich geblieben bin. Und ebensowenig habe ich nun Zeit, einem Bild aus der Fernsehreihe „Universum" nachzugrübeln, das sich mir seltsamerweise ausgerechnet jetzt mit zwanghafter Lebendigkeit aufdrängt: ein Walfisch, der einen soeben geschnappten Seehund wiederholt in die Höhe schleudert, statt ihn gleich zu verzehren, um sich ihn dann - sobald dieser ins Wasser gelangt und zu entkommen versucht - wieder zu schnappen.

Ich spüre, ich werde den Japaner einholen, koste es, was es wolle. Der Schreck, ich würde diese letzte mir gebotene Chance verfehlen und demnächst wieder nach einem schäbigen, trinkgeldlosen Job suchen müssen, dürfte in mir eine Art Regression herbeigeführt haben. Nicht nur, daß jede überflüssige Frage oder Verwunderung gleich aus meinem Kopf verschwanden, die ganze Hotelhalle begann vor mir in Richtung Lift plötzlich etwas aufzuweisen, das einem breiten Feld mit hohem Gras und Bäumen ähnelte. Ja! Der Jagdmensch steht plötzlich da auf einer Savanne und besichtigt voller Hunger und Zorn den Horizont. Aber schau, da ein paar Schritte nur vor ihm rührte sich gerade was! Während der scharfe Blick des Jägers um das kleine Wesen kreist, das ahnungslos vor ihm kroch, läßt sich sein Oberkörper nach vorne fallen, seine Beinmuskeln spannen sich, seine Lungen füllen sich mit Luft, und mit einem Satz stürzt er sich auf die Beute. Diese zuckt zusammen, starrt erschrocken den Jagdmenschen hinter einer altmodischen Brille mit dickem Rahmen an und stammelt etwas wie:

„Ka-ku-nan-da-yo!!"

Der Jagdmensch hört und sieht nichts weiter als den riesigen Koffer, schnappt ihn sich, wobei er geschwind seinen Fuß in die Lifttür steckt, die gerade dabei war, sich wieder zu schließen, und flüstert der verängstigten Beute zulächelnd zu:

„May I accompany you to the room, Sir?"

DER ESEL MISCHU

Ich habe es geschafft. Aber so etwas! Daß mich Godzilla auf einen Gast, der vor meiner Nase einen Koffer schleppt, aufmerksam machen muß! Das ist mir in den vielen Jahren als Kofferträger nie passiert. Was war denn mit mir los? Ich stand doch auf meinem Standplatz auf dem nicht eingezeichneten Bogen der Hotelhalle, drei Schritte vor der Rezeption, mein Pendelblick streifte voller Konzentration die Pulte vor mir hin und her. Wie konnte ich nur den Japaner mit seinem riesigen Koffer übersehen? Ich nehme sonst sogar auf der Straße in meiner Freizeit jeden Passanten mit einem Koffer zu Kenntnis. Bin ich blind geworden, oder was? War das ein Sekundenschlaf?

Wenn ich gut überlege, etwas vor mir hinziehend habe ich schon wahrgenommen, kurz bevor mich Godzilla mit seinem kalten Zischen in den Nacken aufmerksam gemacht hat, nur habe ich dies eben nicht als Gast samt Koffer registriert, sondern als zwei mir von irgendwo sehr vertraute Erscheinungen. Dabei überfluteten mich wie aus dem Nichts aufgetaucht wieder allerlei Wortklänge und Schattengestalten! Das passiert mir in der letzten Zeit mehrmals! Was war es denn soeben?

Ich hielt die beweglichen, vertrauten Schattenflecken vor mir nicht im Entferntesten für einen unterwegs zu seinem Zimmer schreitenden Gast, sondern ... ja, für einen Esel. Genauer, für den Esel Mischu, der dem kümmerlichen Inventar von Onkel Costan angehörte, damals als ich Gymnasiumsschüler war und die Sommerferien als Aushilfe auf seiner Almhütte verbrachte. Ich fand zunächst den Esel Mischu recht lustig, denn sein Aufschrei, wie ein verrosteter Brunnenschwengel klingend, erfolgte immer zehn Minuten vor der vollen Stunde, wovon ich mich - durch den Hinweis meines Onkels - selbst überzeugen konnte. Bald aber zeigte mir der Esel Mischu eine andere Eigenheit, mit der ich mich aber nicht mehr befreunden konnte.

Jeden zweiten Tag hatte ich mit ihm Trinkwasser von einem Quellenbrunnen zu holen, der sich in einer Lichtung im Wald in einiger Entfernung befand. Nachdem ich die Holzfässer mit Wasser gefüllt und in den Karren geladen hatte, wollte sich Mischu aber nicht von der Stelle rühren, auch nachdem ich ihm ein paar Schläge auf das Hinterteil verpaßte. Zornig machte ich mich alleine auf den Weg, den Onkel davon zu verständigen, aber kaum entfernte ich mich ein paar Schritte, rückte er von der

Stelle und ging mir freiwillig nach. Als ich auf ihn wartete, blieb er gleich wieder stehen, und dies ging ein paar Mal so, bis ich verstanden hatte, daß er eine gewisse Distanz zu mir behalten wollte. Wenn ich schon bei der Hütte angelangt war und dort stehen blieb, überholte er mich eine kleine Strecke, mich total ignorierend, erst dann blieb er stehen. Er tat so, als ob er dem Onkel zeigen wollte, daß er mir jeden Leitungsanspruch abstreitet. Dieser Trotz seinerseits kränkte mich jedes Mal, denn ich war es, der ihm immer wieder frisches Wasser in seinen Kübel füllte und sein dreckiges Fell mit einem Grasbüschel abrieb. Mein Onkel schmunzelte nur, wie ich mich darüber ärgerte, daß Mischu meinem jugendlichen Herrscherdrang trotzte und mir das Gefühl gab, ich hätte ihm zu dienen, nicht er mir.

Und wäre es nur das gewesen. Aber manchmal legte der Esel Mischu meiner Erniedrigung ein weiteres Schäuflein zu. Er stellte sich in den Schatten und ließ sich ein riesiges, rötlichschwarzes Ding wachsen, welches fast den Boden streifte. Da traf er mich ins Innerste. Denn beim gelegentlichen Vergleich mit einem Maßstab unserer heranwachsenden Dinge, zwischen Calin und mir, behauptete schon Calin, seines wäre einen Zentimeter länger, was ich eigentlich immer bezweifelte. Und nun kam der blöde Esel auf den Gedanken, mich an diese Tatsache zu erinnern und damit zu protzen.

Genau für den trotzigen Mischu, an seinem Wagen mit Wasserfässern angespannt, leicht schnaufend an mir vorbeiziehend und mich ignorierend, hielt ich damals den Japaner mit seinem Koffer. Sicherlich ist der Unterschied zwischen einem Gast mit Koffer und einem Esel, an einem Karren angespannt, beträchtlich, zumal die Kulisse des Geschehens - ein Wiener Luxushotel, beziehungsweise eine transsilvanische Hügelalm - auch nicht ganz dieselbe ist. Aber Ähnlichkeiten, die mich zu dieser Verwechslung verleitet haben, gab es doch. Erstens klangen die wahrscheinlich seit langem nicht geölten Kleinräder des Samsonite ebenso fürchterlich wie Mischus Aufschreien, zweitens schnauften beide kräftig unter der Last, drittens zog der Japaner an mir vorbei, ohne auf mich auch nur einen Augenblick zu schielen, genau wie Mischu, als wir Wasser vom Quellenbrunnen in der Lichtung holten. Wäre doch der Japaner nur einen Augenblick vor mir stehengeblieben oder hätte wenigstens in meine Richtung einen fragenden Blick geworfen, wäre ich schon aus der Träumerei herausgerissen worden und hätte ihm gleich den Koffer weggenommen. Aber nein, er verhielt sich derart eigenwillig und das Knarren seines nicht geölten Fahrgestelles erinnerte derart an einen Eselsschrei, daß ich in ihm einfach Mischu sah.

Und dadurch kam es dazu, daß mir Godzilla wieder eine Rüge erteilte. Wenn es so weitergeht, dann ist es gleich aus mit mir hier. Was soll ich tun? Trotz meiner Bemühungen läuft manches schief!

Der ehrwürdige Generaldirektor erschien gerade langsamen Schrittes in der Hotelhalle und warf mir im Vorbeigehen einen wohlwollenden Gegengruß zu. Könnte ich nur irgendwie den Generaldirektor als mein Schutzschild gewinnen! Würde sich zum Beispiel einer der Gäste plötzlich auf den Generaldirektor mit blankem Messer stürzen und ich könnte diesen mit meiner Kofferträger-Kraft überwältigen! Das wäre was! Da würde sich Godzilla sicherlich nicht mehr trauen, einen hinauszuschmeißen, der das wertvolle Leben des Generaldirektors gerettet hat! Denn dieser ist doch der Höchste im Haus. Würde ich nur wissen, wer Godzilla damals auf der Fluchttreppe angegriffen hatte, könnte ich ihn vielleicht selber für so einen vorgetäuschten Überfall auf den Generaldirektor anheuern, natürlich geschickt inszeniert, daß er sich aus meiner Gewalt reißen und die Flucht ergreifen kann.

Nein, gegenüber dem Generaldirektor würde niemand das Risiko eingehen. Derjenige, der Godzilla angegriffen hatte, war bestimmt von Haß und Rache erfüllt, sonst wäre er so ein Risiko nicht eingegangen. Aber einer wie der Generaldirektor kann in niemandem solche Gefühle erwecken. Obwohl er von allen mit betonter Verehrung begrüßt wird, richtig fürchten tut sich vor ihm niemand.

Er bewohnt ein Penthouse im letzten Stockwerk, ein riesiges Appartement mit Weitblick auf die Stadt. Jedes Mal, wenn ich im Auftrag des Concierge ein Paket oder einen Blumenstrauß dorthinbringe, ist die Tür schon einen Spalt offen. Ich stelle die Sachen irgendwo auf einen Tisch und warte einige Augenblicke umsonst, daß er von irgendwo hervorkommt. Überall von seinem Zimmer schauen Heilige aus eingerahmten Bildern und Engelstatuen aus Marmor zu mir herab, und Madonnenfiguren von den gedrungenen, reich verzierten Möbelstücken. Ich habe dort immer das Gefühl, ich wäre in einer Kirche, zumal ich gelegentlich Husten oder einen schleifenden Schritt vernehme. Aber sehen tue ich ihn dort nirgends. Nur hier unten in der Hotelhalle läßt er sich manchmal blicken.

Wie eben jetzt, als er plötzlich in der Hotelhalle nicht weit von mir stehengeblieben ist, ohne sich aber umzuschauen, sondern mit gesenktem Blick, als wäre er in Gedanken versunken. Nun beginnen aus verschiedenen Richtungen, einer nach dem anderen die Manager und ihre Vertreter sich ihm zu nähern. Sie stellen sich in einen Kreis um ihn, wobei jeder einen Platz gegenüber dem Generaldirektor einnimmt, der ihm im direkten Verhältnis zu seiner Position in der straffen Hierarchie zusteht. Nur ein kurzer Abstand, ungefähr einen Meter breit, rechts vom Generaldirektor, bleibt unbesetzt. Wer stellt sich als letzter dorthin? Eben! Godzilla, vor dem - wie ich bei diesen seltsamen Ratsversammlungen in der Hotelhalle nicht ohne Genugtuung feststelle - nicht nur wir Kofferträger uns fürchten. Kaum erscheint Godzilla am oberen Ende der spiralförmigen Treppen, die zur Hallenmitte führen, werden alle dort Versammelten wie eine Menge kleiner Magnetnadeln aus der Ruhelage gebracht. Einer dreht seinen Rumpf hin und her, der andere macht einen Sakkoknopf auf und zu, ein anderer rückt immer wieder die Krawatte zurecht, ein anderer reibt sich die hinter dem Rücken gefalteten Handflächen. Godzillas Annäherung wirkt wie die unsichtbaren Feldlinien eines starken Magneten, ja weit darüber hinaus. Nun schließt sich Godzilla dem Ring an, macht eine stumme Verbeugung vor dem Generaldirektor, eine weitere nur angedeutet dem Rest gegenüber. Ich sehe klar: Während dieser spontan einberufenen Unterredung der oberen Etage bleiben alle mit dem Pol ihrer Aufmerksamkeit zu Godzilla - und nicht zum Generaldirektor! - gerichtet. Er ist es offensichtlich, der das Sagen hat und die Haut unseres Hotels so straff hält. Was mich bei dem Generaldirektor wundert, ist die Art, wie er dabei wirkt: wie eine Ikone! Obwohl von einem dauernden Lächeln erhellt, wirkt sein Antlitz fast abwesend. Godzilla erweist ihm dabei zwar höchsten Respekt, alle anderen auch, doch ich kann mich des Eindrucks nicht erwehren, daß der Generaldirektor in der Hotelhierarchie nur eine Art Ehrenamt innehat, etwas Symbolisches wie eine Reliquie darstellt, die man zwar gewohnheitsmäßig anbetet, ohne sich aber im geringsten nach ihr zu richten. Mir scheint, daß er längst alle seine Machtbefugnisse an Godzilla abgetreten hat und nun den Höchsten im Haus rein zeremoniell ausführt.

Nein, dieser gütige, aber ohnmächtige Hotelgott könnte mir, auch wenn er wollte, nicht helfen. Ich muß dazuschauen, daß ich mit seinem allmächtigen Stellvertreter Godzilla zurechtkomme. Ja, es muß doch einen Weg geben, an ihn heranzutreten und ihn umzustimmen. Aber wie?

ONKEL COSTAN

Ja, ich sitze nun in einer ähnlichen Zwickmühle wie mein Onkel Costan - Großvaters Bruder - in seiner Jugend. Er soll einen Herzenswunsch gehabt haben, Gott konnte ihn nicht erfüllen, sodaß ihm nichts anderes übrigblieb als ...

Aber hier muß ich weit ausholen.

Als ich noch ein Kleinkind war, sprach man über diesen Onkel in der Familie kaum, ich spürte irgendwie, daß seine Verwandtschaft nicht gerade als schmeichelhaft empfunden wurde. Eines späten Abends, als man mich für eingeschlafen hielt, belauschte ich ein flüsterndes Gespräch meiner Eltern mit einer Tante und deren Mann, die auf Besuch bei uns weilten.

„Und Costan? Wie geht's ihm? Auf der Alm, auch jetzt im Winter?“, ertönte eine Männerstimme.

„Ja, er bleibt auch weiterhin da oben. Wie soll es ihm gehen, du weißt eh!“, erwiderte die Vaterstimme. Da seufzte der Tante Stimme:

„Schade, so ein fescher Mann ist er gewesen, auch jetzt sieht er noch stramm aus!“

„Zu unbeugsam ist Costan gewesen“, konterte darauf die Stimme ihres Mannes mit einem eifersüchtigen Unterton. „Wer wollte freiwillig sein Grundstück und seine Tiere der Genossenschaft überlassen, damals nach dem Krieg, als die Kommunisten an die Macht kamen? Aber wer hat anders handeln können?! Nur der Onkel Costan alleine spielte weiterhin den Helden und niemand - weder die Bitten seiner schwangeren Frau, noch die Mahnungen des Bürgermeisters - konnten ihn davon abbringen. Er sagte, daß er sich nach allem, was er im Krieg miterlebt hat, vor nichts mehr fürchtet. So kam es, wie es kommen mußte!“

Aus der weiteren geflüsterten Unterhaltung der Erwachsenen erfuhr ich dann mehr. In einer Nacht sei ein Militärwagen aus der Bezirkshauptstadt vor Onkel Costans Haus vorgefahren, ein paar Soldaten sind davon abgesprungen und haben ihn im Nachthemd direkt aus dem Bett geholt. Niemand konnte der verängstigten Gattin sagen, wo er und wie lange er eingesperrt wird. Ein paar Monate danach hat sie ein Mädchen zur Welt gebracht, bei der Geburt ist die arme Frau aber gestorben. Costans Schwester hat sich des Kindes angenommen, damit dieses nicht im Waisenhaus landete. Als Onkel Costan nach vielen Jahren heimkehrte, war von dem einstmals stämmigen Mann nur ein Schatten übergeblieben.

Was dort passiert war, weiß man bis heute nicht. Er sprach mit niemandem darüber und wollte nicht einmal seine Tochter - nun eine heranwachsende Schülerin - sehen. Diejenigen, die ihn fragten, was er nun vorhabe, ob er bei der Genossenschaft oder in einer Fabrik in der Stadt arbeiten wolle, erschreckte er mit der Antwort: Nein, weder da noch dort, alles, was er jetzt wolle, sei, seine verstorbene Frau noch einmal zu sehen! Und er sagte das mit ruhiger Stimme, als ob es das Selbstverständlichste wäre.

„Sie sehen?! Das liegt doch nur in Gottes Hand, verstehst du nicht, Onkel?!" versuchten wiederholt die Verwandten, ihn zu trösten.

„Als ob nur Gott auf dieser Welt mächtig genug wäre ...", soll der Onkel darauf geantwortet haben.

Ein paar Monate nach der Entlassung war der Onkel wie vom Erdboden verschluckt. Meine Eltern suchten ihn überall bei Verwandten, Freunden. Sogar im Teufelsbrunnen hat man nach ihm mit einer langen Stange gesucht. Dieser Brunnen hatte einen zweifelhaften Ruf. Denn dort soll vor vielen Jahren ein junger Man hineingestürzt sein, der sich zu tief hinunterbeugte. Ein Trugbild hat ihn dorthin verlockt, behauptete ein enger Freund des jungen Verstorbenen am nächsten Tag. Das Trugbild wird von den vielen gekippten Schnapsgläsern an dem Abend verursacht worden sein - tuschelten andere darüber. Doch die Gerüchte wollten nicht verstummen, daß der Teufel ihn dort hingelockt hätte. Denn wenn auch betrunken, was hatte er mitten in der Nacht außerhalb des Dorfes bei dem Brunnen zu suchen?! So wurde der Teufelsbrunnen für eine Weile mit Brettern verschlagen. Aber in einem trockenen Sommer, in dem viele andere Brunnen austrockneten oder nur trübes Wasser hatten, wurde der Verschlag vom Teufelsbrunnen wieder entfernt. Das Wasser war hier wie immer im Überfluß vorhanden und schmeckte bekömmlich und erfrischend.

Man hatte Onkel Costan fast vergessen, als er nach Jahren an einem Frühlingstag wieder im Dorf auftauchte.

„Wo warst du so lange, Costan?!" fragten ihn alle bestürzt. Er antwortete aber darauf nichts und ging seinen Weg weiter. Doch er schien sich beruhigt zu haben. Er wurde wieder arbeitsam und tüchtig, wie er es in den Jugendjahren gewesen sein soll. Er ummauerte eine alte Holzhütte auf der Alm, sodaß er dort auch im Winter leben konnte, und zog sich für immer dorthin zurück. Mit zwei Hunden und dem Esel Mischu hütete er eine kleine Herde von Kühen, die ihm die Verwandten und andere Dörfler anvertrauten. Einmal pro Woche an den Markttagen kam er ins Dorf, verkaufte selbsterzeugte Käselaibe und Butter. Dann besuchte er die bei seiner Schwester aufgewachsene Tochter, brachte ihnen Naturalien und Geld, führte seine Tochter in die Dorfkonditorei und ging mit ihr voll Vaterstolz spazieren. Auch bei uns zu Hause schaute er gelegentlich vorbei und brachte uns einen Korb mit Pilzen oder mit Erdbeeren und wilden Birnen.

Als ich Gymnasiast zu ihm als Aushilfe auf die Alm kam, lag die über ihn kursierende Geschichte viele Jahre zurück. Ich half ihm beim Holzspalten, Kühemelken, beim Waschen der großen Gefäße, beim Holen von Trinkwasser vom Teufelsbrunnen. Er redete nicht viel, wirkte eher scheu, mir aber gelang es immer wieder, ihm ein Lächeln zu entlocken. Mag sein, dachte ich mir damals, daß der Onkel Costan immer ein bißchen anders als die anderen Bauern war, und deswegen wurde ihm die Geschichte angehängt.

Eines Mittags in jenem Sommer auf der Alm brachte sein Esel Mischu, der sonst immer zehn Minuten vor der vollen Stunde sein rostiges „Ja, Ja“ ausstieß, die Zeit offensichtlich durcheinander, denn seine jämmerlichen Rufe wiederholten sich in viel kürzeren Abständen.

„Ist vielleicht ein Sturm in Anzug, Onkel?“ fragte ich Onkel Costan, denn Mücken begannen auch unruhig in der Luft zu schwirren und die Kühe taten sich von selbst zusammen. Er antwortete mir zunächst nicht, sondern schaute immer wieder zum Waldsaum, dort wo der Weg in die Waldlichtung mit dem Teufelsbrunnen führt. Erst nachdem ich die Frage mehrmals mit zunehmender Betonung stellte:

„Onkel, kommt vielleicht ein Sturm auf?! Hallo! Onkel! Ich habe dich gerade was gefragt! Kommt vielleicht ein Sturm auf?“, murmelte er endlich wie vor sich hin:

„Nein. Es ist vom Sonnenglanz ...“

Die Sonne war tatsächlich hoch am Himmel und strahlte in vollem Glanze, aber was wollte der Onkel damit sagen? Ich stand auf, um eine am Waldrand von der Herde abgekommene Kuh zurückzutreiben, machte aber kaum einen Schritt, da rief mich der Onkel zurück.

„Laß sie nur ... Sie wird von selbst zurückkommen.“

Tatsächlich machte die Kuh plötzlich kehrt und da sah ich, daß hinter ihr her ein Mann auf uns zukam. Zunächst glaubte ich, es sei der Forstmann, der ab und zu bei uns vorbeischaute, dann merkte ich aber, daß der Mann keinen grünen Hut mit Federn aufhatte und kein Jagdgewehr über der Schulter trug. Er blieb am anderen Ende des Tiergeheges stehen, schaute kurz zu uns herüber, und ohne uns zu begrüßen oder zuzuwinken, öffnete er das Türlein, nahm sich ein kleines schwarzes Ziegenkitz unter den Arm und ging dann denselben Weg zurück, ohne sich zu verabschieden.

„Wer ist der Mann?" fragte ich den Onkel, denn das Verhalten des Besuchers befremdete mich sehr.

„Ein Bekannter ... Ein Bekannter aus einem Nebendorf. Er hat mir einmal geholfen und hat sich nun die Belohnung abgeholt", sagte Onkel Costan zögernd.

„Er bedient sich aber so, als wäre er hier zu Hause. Mindestens 'Guten Tag' hätte er sagen können!" erwiderte ich weiterhin ein bißchen irritiert.

„Er ist halt so ...", antwortete mein Onkel und entfernte sich, sodaß ich ihn nicht mehr weiter fragen konnte.

Im darauffolgenden Herbst starb Onkel Costan. Bestimmt hätte ich den seltsamen Besuch für immer vergessen, doch nach Jahren fragte mich der Vater, als zufällig die Rede auf den verstorbenen Onkel kam, ob mir damals, als ich die Sommerferien auf der Alm verbrachte, etwas Sonderbares aufgefallen wäre.

„Hat der Onkel, während du bei ihm warst, keinen Besuch bekommen?"

„Doch, ein paar Mal, den Forstmann."

„Kein anderer sonst? Jemand, den du nicht kanntest, ein Städter, der sich vom Onkel etwas holte?"

Da kam mir in aller Deutlichkeit der seltsame Mann in den Sinn.

„Doch, doch ... So einer hat sich ein schwarzes Ziegenkitz abgeholt. Ein merkwürdiger Mann. Woher weißt du davon? Wer ist dieser Mann, Vater?"

„Das möchte ich auch gern wissen. Ich war einmal selbst auf der Alm, um unseren Anteil an Käse abzuholen, als der Städter aus dem Wald erschien und dasselbe tat. Ich wollte ihm nachlaufen und ihm das Kitz entreißen, doch der Onkel sagte mir nur:

'Tue es bitte nicht. Bei diesem Mann stehe ich in der Schuld. Denn er hat mir Anna im Teufelsbrunnen erscheinen lassen.'"

„Der arme Onkel!", sagte ich zum Vater. „Er wird einem Schwindler auf den Leim gegangen sein! Also bei dem in der Stadt wird er das Jah'r verbracht haben, als er von zu Hause verschwunden war."

„Er sagte mir aber, er wäre am Teufelsbrunnen gewesen!" sagte mein

Vater darauf mit einem Unterton, aus dem ich keine Ironie heraushören konnte.

„Am Teufelsbrunnen?! Ein Jahr lang?! Du willst ihm doch nicht geglaubt haben, oder?“ fragte ich betont herablassend lächelnd.

„Ich weiß nicht, was soll ich sagen“, wiederholte sich mein Vater in Gedanken verweilend. „Besser hätte ich damals auf Costan nicht gehört, besser wäre ich dem Fremden nachgelaufen und hätte ihn zur Rede gestellt. Denn jetzt kann ich den Gedanken nicht mehr loswerden. Und wenn dein Onkel nicht verrückt war? Ist er dir manchmal so vorgekommen?“, fragte er mich nun überrumpelnd.

„Eigentlich nie ...!“

„Nun bist du aber groß genug, also hör zu, was er mir damals auf der Alm nach dem Vorfall erzählte: 'Lauf ihm nicht nach, bitte!', hielt mich Costan damals mit forderndem Blick zurück.

'Ich stehe in seiner Schuld. Er hat mich Anna noch einmal sehen lassen. Hab keine Angst! Ich weiß, an deiner Stelle würde ich dasselbe empfinden, aber hör mir zu und unterbrich mich bitte nicht. Ich weiß nicht, wie lange ich noch leben werde.

Als ich damals vor dreißig Jahren aus dem Gefängnis herauskam schien mir das Leben schlimmer als im Kerker. Denn dort hatte ich doch eine Hoffnung. Einen einzigen Brief durfte ich von Anna bekommen, und dieser Brief hat mich über Wasser gehalten. Darin stand, sie würde auf mich warten, wie lange es auch immer dauern würde. Als ich herauskam und erfuhr, daß sie nicht mehr ist, da hat mich plötzlich der Gedanke gepackt, sie noch einmal sehen zu müssen und sei es nur ein einziges Mal! Ansonsten wollte ich nicht mehr weiterleben. Wenn es Gott gibt - habe ich mir damals gesagt -, dann wird er mir diesen Wunsch erfüllen. Er schuldete mir diesen kleinen Gefallen. Ich habe nicht geknurrt, als er zuließ, daß ich in den Kerker komme, nur weil ich mein vererbtes Grundstück der Genossenschaft nicht abtreten wollte. Ich habe nicht gemeckert, als er zuließ, daß mir im Kerker eine Zehe abgefroren ist, und auch nicht, wenn ich Blut spucken mußte. Und wenn er unbedingt Anna bei sich haben wollte, sei auch sein Wille geschehen, aber sie noch einmal vor mir zu sehen, diese kleine Bitte kann er mir nicht verweigern! So habe ich monatelang nach der Entlassung meine Bitte an Ihn gerichtet und Opfergaben an die Kirche dargebracht ...

Aber er ließ sie mir nicht einmal im Traum erscheinen. Stattdessen erschien mir im Traum ein Mann, wie ein kräftiger Städter angezogen. Er erinnerte mich an niemanden, den ich kannte, doch er erschien mehrmals in meinen Träumen und sagte zu mir:

<Bete nicht mehr, wenn du etwas unbedingt willst. Sondern tue nur, was ich dir sage. Und dein Wunsch wird in Erfüllung gehen!>

Ich tat letztendlich das, was er von mir verlangte, was ich dir aber nicht verraten darf. Bald danach, in einer Nacht in der ich nicht schlafen konnte und auf der Straße hin und her ging, hörte ich knapp vor mir Schritte. Niemand war zu sehen, die Schritte waren leise, aber deutlich hörbar und brachten sogar Kieselsteine ins Rollen. Die Schritte kamen mir bekannt vor. Es war ihr Gang, Annas Gang, ich würde ihn unter Tausenden erkennen.

<Anna, Liebste ... Bist du es?!>

Im Mondlicht waren die Umrisse der letzten Dorfhäuser klar zu erkennen: Rechts war das Haus von Kisch, mit eisernem Tor, links das Haus mit der geschnitzten Madonna und rostroter Fassade von Alexa. Am Dorfrande angekommen, wo von der Hauptstraße ein Feldweg rechts hierher abbiegt, blieb ich stehen, denn ich hörte keine Schritte mehr und wußte nicht weiter. Dann raschelte und wippte der Zweig eines Birnbaums am Rande des Feldweges, als ob jemand an ihm kurz gezogen hätte. So bin ich den verschlungenen Hügelweg weitergegangen, stets angespannt lauschend, bis hierher und dann weiter in die Lichtung zum Teufelsbrunnen. Dort war die Wiese schlammig, und im Vollmondlicht sah ich vor mir im Boden Schuhabdrücke entstehen, die sich dann wieder auflösten. Die Schritte kamen dem Brunnen immer näher, und an der aus Holzbalken errichteten Brunneneinfassung hörten sie auf. Da schrie ich :

<Anna, Liebste ... Bist du es?!>

Darauf kam keine Antwort, doch ich fühlte mich beobachtet, ich erhob den Blick und sah einige Meter vor mir den Mann aus dem Traum, den du auch gesehen hast - der mit dem Ziegenkitz. Er stand gegen einen Baumstamm mit dem Rücken angelehnt und schaute ganz normal aus, wie ein Städter, der am Markttag zu uns ins Dorf mit allerlei Eisenwaren - Sensen, Sicheln, Rechen, Schaufeln - zum Verkauf kommt. Die Umrisse seiner Kleidung waren zu erkennen, nur seine Augen blieben stets verborgen, als wären sie mit einem dunklen Schleier wie ein Spinnengewebe verdeckt.

<Beuge dich über den Brunnenrand, beuge dich tief, deine Anna wird

dir erscheinen >, kam von dieser Gestalt eine eher apathische Stimme, sie klang wie die eines Eisenhändlers, der sich sicher ist, daß seine Ware sowieso an den Mann gebracht wird. Da fuhr mir ein Schauer über den Rücken, und ich dachte mir, vielleicht ist es nicht zu spät, mich von diesem Zauber zu befreien und einfach davonzulaufen. Es kam mir doch in den Sinn, daß schon einige vor mir in diesen Brunnen gestürzt sind. Nein, bestimmt waren sie nicht betrunken, wie manche im Dorf meinten. Ich schaute zu ihm hin, um seine Augen zu entdecken. Vergebens. Und wenn ich jetzt flüchte, was für ein Leben erwartet mich, wissend, daß ich Anna hätte sehen können, und mich dann doch nicht getraut habe? Ich beugte mich über den Brunnenrand und starrte auf den Wasserspiegel, wo sich der Mond wie eine goldene Diskusscheibe widerspiegelte. Ich ließ mich tiefer auf den Bauch stützend und noch tiefer, bis ich den Boden unter mir nur mehr leicht mit den Schuhspitzen berührte. Da trat etwas wie ein Haarbüschel hinter der Mondscheibe hervor. Ich glitt dabei voll freudiger Erwartung noch etwas tiefer. Und da geschah es: das verwunderte Gesicht Annas mit weit geöffneten Augen zeigte sich mir ... Sie trug das weiße Nachthemd wie in der Nacht, als man mich verhaftete, und schaute mich nun an, als könne sie es nicht glauben. Sie begann zu mir zu sprechen, ich hörte aber nichts. Da strengte ich mich an, ihre Worte von den Lippen abzulesen, die durch das Zittern der Wasseroberfläche immer wieder verzerrt wurden. Langsam gelang es mir zu verstehen, denn sie wiederholte: <Liebster! Bist du es? Oh, Gott hat meine Bitte erhört! Ich habe soeben einen fürchterlichen Traum: daß sie dich eingesperrt haben und ich inzwischen gestorben sei. Komm ins Bett, schlaf dich aus, morgen erzählst du mir alles!>

Nun gähnte sie zufrieden, während ihre Lider immer öfter zufielen, und ich lächelte in mich hinein. Es war Anna, zweifelsfrei! Ihre Art war es, wenn sie in der Nacht aus dem Schlaf gerissen wurde, daß sie nicht länger als ein paar Sekunden wach bleiben konnte! Ihr Gesicht begann dann hinter der Mondscheibe wie hinter eine Decke zurückzugleiten, doch auf halbem Wege blieb es plötzlich stehen, ihr Blick wurde hellwach und besorgt.

<Du Costan!>, konnte ich nun deutlicher von ihren Lippenbewegungen ablesen, <Du Costan, unsere Kleine wird noch nicht schlafen, geh zu ihr, daß sie sieht, daß du zurück bist. Geh zu ihr!>

Annas Gesicht begann nun langsam hinter der Mondscheibe zu verschwinden, sie redete aber immer eindringlicher weiter. Da fiel ein

Baumblatt ins Wasser, ihr Bild trübte sich, sodaß ich ihre letzten Worte nicht mehr ablesen konnte. Aber als ihr Gesicht völlig dahinter verschwand, schallte aus der Tiefe ihre nun gebieterische, flehende Bitte:

<Und bleibe bei ihr! Bleibe bei ihr!!>

Ich stand wieder am Brunnenkorb, ich blickte suchend um mich, der Städter war nicht mehr da, die Sterne verblaßten am Himmel. Draußen war es eisig kalt, aber in mir wuchs eine unbekannte Wärme, die sich nach allen Seiten bis in den letzten Winkel meines Wesens verbreitete. Nein, es war nicht nur das Glücksgefühl, Anna noch einmal gesehen zu haben, es war mehr. Ich empfand nun keine Wehmut mehr, sondern nur den Drang, wieder ins Dorf zurückzukehren. Ich hatte doch ein Kind! Seit zehn Jahren hatte ich ein Kind, aber zum ersten Mal das Gefühl, ein Vater zu sein!

Zu Hause angelangt, sah ich meinen Bauernhof verwachsen, und die Nachbarn bedrängten mich mit Fragen, wo ich denn so lange gewesen sei. Was hätte ich ihnen antworten sollen, um mich nicht lächerlich zu machen. Ich bevorzugte es zu schweigen, statt daß sich meine Tochter meinetwegen schämen mußte.

Glaube, was du willst, mein Neffe, denn nur du kennst meine Geschichte. Aber daß ich wieder nach dem Kerker zum Leben erwachte, verdanke ich nur dieser Begegnung mit Anna. Was wollte ich mehr, habe ich mir damals gesagt. Anna schläft, sie hat nicht einmal eine Ahnung davon, daß sie tot ist, und in ihrem Todesschlaf bin ich bei ihr und bei unserer Tochter. Der Tod ist nur ein Schlaf. Worauf es ankommt, ist, was man dabei träumt. Und ich wußte: meine Anna träumt nun schön!'

Hier hielt mein Vater inne. Er blickte zu mir auf, als erwarte er einen Kommentar meinerseits.

„Wieso?!" fragte ich nach einer Weile meinen Vater, mich selbst nur schwer aus der Ergriffenheit lösend, die mich beim Zuhören erfaßt hatte.

„Wieso?!" bemühte ich mich zu lächeln. „Du wirst doch den Schwachsinn nicht glauben! Was? Soll das der Teufel gewesen sein?! Du bist doch ein gläubiger Christ!."

„Ja, schon ...", antwortete mein Vater nachdenklich. „Diese Welt ist im Großen und Ganzen Gotteswerk, nur ...".

Hier verschlug sich plötzlich die Stimme meines Vaters vor Erregung.

„Nein, Costan, nein, verrückt war er sicher auch nicht! Das lasse ich mir von niemanden einreden!"

Ich wollte noch etwas sagen. Ich war damals 17 Jahre alt und lernte doch in der Schule, im Fach wissenschaftlicher Atheismus, daß Gott und Teufel blankes abergläubisches Zeug sind, an deren Verbreitung die schlauen Kapitalisten und Grundbesitzer interessiert waren. Onkel Costan hatte keine Ahnung davon, weil er nicht in der Zeit des aufgeklärten Sozialismus aufgewachsen war, und ebensowenig Ahnung hatte mein Vater, der nicht einmal lesen konnte. Doch das Gesicht meines Vaters, das nun fast Onkel Costans Gesichtsausdruck angenommen hatte, machte mich unsicher.

DER BUDDHA-BLICK

Nein, auch wenn er wollte, könnte mir der Generaldirektor, dieser ohnmächtige Hotel-Gottvater nicht helfen. Ich glaube, es bleibt nichts anderes übrig, als auf den „Buddha-Blick" zurückzugreifen, den mir Crisna am Vortag beigebracht hat! Der etwas ältere Inder mit seiner ölig braunen Haut ist im Haus eine Art Allroundkraft, die jederzeit für verschiedene Aufgaben in diversen Abteilungen - wo sich gerade ein Engpaß am Personal ergibt - einzuspringen hat. Hatte er gestern die Kofferträger-Uniform an - da eine Menge Gepäck von mehreren eintreffenden Bussen in kürzester Zeit auf die Zimmer gebracht werden mußte -, siehst du ihn heute in graubrauner Uniform eines House-Keepers mit dem Staubsauger in der Hand, um ihm morgen wiederum auf einem Gang in weißem Anzug mit blauer Schürze zu begegnen, wenn er im Auftrag des Room-Services bestellte Speisen auf einem eleganten Servierwagen auf ein Zimmer zustellt. Er ist eigentlich der einzige im Haus, der mehrere Dienstuniformen in seinem Maß in der Wäscherei hat und sein häufiges „Häuten" hat ihm den Spitznamen „Chamäleon" eingebracht. Der Spitzname paßt übrigens auch zu seiner Art, denn er ist ein schweigsamer Einzelgänger, und außer einem nur gemurmelten Begrüßungswort, hat er wenig Kontakt mit den Kollegen.

Lange Zeit habe ich ihn, wie die anderen es taten, für einen unnahbaren Sonderling gehalten. Vor einem Jahr sind wir uns aber durch einen gegebenen Anlaß näher gekommen. Ungefähr solang ist es her, daß mich Godzilla ihn im fünften Stock suchen ließ, wo er angeblich mit dem Staubsaugen beschäftigt war, mit dem Auftrag, sich umgehend umzuziehen und von der Apotheke ein Medikament für einen Gast abzuholen. Mit dem Rezept in der Hand ging ich mehrmals den Gang hin und her und suchte ihn. Vergebens. Nachdem ich ihn auch nicht in der Toilette und Garderobe fand, konnte ich nicht umhin, Godzilla davon zu berichten. Der ärgerte sich und schickte mich abermals hinauf. Und nun merkte ich, daß die Tür eines engen Abstellraumes einen schmalen Spalt offen war, und sah darin nach. Ich traute meinen Augen nicht: Crisna saß auf dem Bodenteppich mit gekreuzten Beinen, den Rücken gerade, die Hände auf dem Schoß ruhend, den Blick auf den vor sich gestellten Staubsauger gerichtet. Er hat mich nicht einmal bemerkt, und erst nach einigen Augenblicken kam ich darauf, was er da tat: meditieren.

„Ich suche dich seit langem! Der Front Office Manager ist schon verärgert!“ Ich war sauer. Denn wenn der Manager jemandem einen Auftrag gibt und dieser nicht zufriedenstellend durchgeführt wird, dann läßt er seinen Unmut an dem Beauftragten aus, auch wenn er nichts dafür kann.

Nach ein paar Tagen begann das Chamäleon mir im Vorbeigehen zuzulächeln, was ich mir nicht anders erklären konnte, als daß er damals darauf gefaßt war, von mir bei Godzilla verpetzt zu werden, zu welchen Aktivitäten er sich mitten in der Geschäftigkeit des Hotelbetriebes hinreißen läßt. Das Verpetzen beim Front Office Manager war eigentlich üblich, um sich reinzuwaschen oder sich bei ihm - wie Lacsi - Liebkind zu machen. Da sich seine Befürchtung nicht bewahrheitete, begann Crisna mir nach einer Weile im Vorbeigehen zuzulächeln, und an einem Tag, als er für einen Kofferträger einspringen mußte, sprach er mich von selbst an.

Ab einem bestimmten Alter sei es in seiner Kultur Brauch, sich einen Meister zu suchen, um sich auf den Tod vorzubereiten, spielte er auf seine Beschäftigung im kleinen Abstellraum an. Denn er sei schon fast sechzig Jahre alt. Er habe sich ein buddhistisches Büchlein von Indien schicken lassen, „Der achtfache Pfad“, das er auch im Dienst immer bei sich habe. Und in diesem Buch stände, daß man sich in Ermangelung eines Meisters einen vertrauten Gegenstand aussuchen könne, um vor ihm zu meditieren. Denn worauf es ankommt, ist das regelmäßige Meditieren - wo immer sich die kleinste Möglichkeit ergibt -, denn nur so kann man sich auf die nächste Inkarnation vorbereiten. Und wenn er jetzt nach nur einem Jahr ziemlich weit fortgeschritten sei, dann deswegen, weil er sich auch manche Zeitlücken im Dienst zunutze mache, sagte er mit einem verschmitzten Lächeln. So kamen wir uns näher, und gestern fragte ich ihn - nicht mehr aus und ein wissend - um Rat: Was, meint er, was könnte die plötzliche Wendung in der Haltung des Managers mir gegenüber herbeigeführt haben? Sieht er vielleicht bei mir etwas, was dem Manager nicht gefallen könnte? Nein, eigentlich nicht, das Grübeln darüber würde mir aber auch nicht weiterhelfen. Er, Crisna, war schon lange im Haus und wußte: Wenn es der Manager auf jemanden abgesehen hat, ist die Kündigung nicht mehr weit. Was auch immer die Ursache dabei wäre, sähe er keinen anderen Ausweg als den „Buddha-Blick!“

Ich horchte auf. Na ja, streng genommen dürfte er mir eigentlich nichts davon verraten, so etwas „gehöre sich nicht“, Techniken, die dazu bestimmt sind, einen von der Angst und Hoffnung dieses vergänglichen

Daseins zu befreien, dafür einzusetzen, daß er sich in diesem Dasein behaupten kann. Für mich aber würde er eine Ausnahme machen. Ich soll versuchen, den Manager mit einem „Buddha-Blick" herumzukriegen. Denn nur ein solcher kann jemanden umgehend milder stimmen, wenigstens für eine Weile, bis ich auf die Ursache meiner plötzlichen Unbeliebtheit beim Manager gekommen bin. So haben wir ausgemacht, uns nach dem Dienst im Park zu treffen, wo er mir diesen Blick beibringen wird.

Heute in der Früh wollte ich nicht mehr daran denken, ich fand es lächerlich, worauf ich mich eingelassen habe. Mir kam das Schmunzeln manches vorbeigehenden Passanten in den Sinn, wie ich am Vortag mit verschlungenen Armen vor einem Gebüsch stand, einen heiligen, schwer zu merkenden buddhistischen Ausspruch vor mich hin rezitierend. Das „Mantra", wie Crisna den verdammt schwer zu merkenden Ausspruch nannte, klang vollkommen unverständlich, aber ich mußte ihn auswendig lernen. Es lautete: „DU AH LO I HA DI WIE DIE PE".

Trotz hundertmal vor dem Baum wiederholtem Mantra konnte ich mir den Satz nicht richtig merken. Und letztendlich war der Blick selbst unmöglich durchzuführen: die Haltung, das Atemanhalten, die verschränkten Hände, aber vor allem die Anforderung, daß mein Blick auf dem Manager „voller Mitgefühl" ruhen soll. Woher soll ich aber eine derart noble Empfindung für solch ein mieses Wesen aufbringen? Ein Blick voller Mitgefühl läßt sich doch nicht nachmachen, sagte ich Crisna schon gleich zu Beginn der Einschulung im Park. Doch, doch, erwiderte er, es ließe sich schon machen. Ich brauche mir nur die Technik anzueignen, das innere Auge stets anderswohin gerichtet zu halten als auf die gerade vor mir stehende Person. Wenn diese Person mir derart unsympathisch erscheint, soll ich daran denken, daß dieser Mensch irgendwann eine „ungünstige Wiedergeburt" haben wird, das innere Auge darauf einstellen, und ich werde automatisch Mitgefühl mit ihm bekommen.

Kaum hat Crisna das gesagt, schoß mir tatsächlich eine ungünstigere Wiedergeburt nach der anderen durch den Kopf. Einmal stellte ich mir den Manager als eine ekelhafte Spinne, das andere Mal als kriechenden Regenwurm vor. Dann trat an ihre Stelle eine Antilope, aber nicht wie sie friedlich grasen würde, sondern ausgerechnet in dem Augenblick, wo sie von einem Löwen angesprungen wird, der nun ihre Eingeweide zerfleischt. Obwohl ich jeder dieser möglichen Wiedergeburten nachempfand, vermochte ich kein minimales Mitgefühl für Godzilla hervorzubringen. Ich sagte es Crisna und er ließ sich etwas anderes einfallen.

O.k., wenn das nicht geht, soll ich versuchen, während ich mit dem äußeren Auge den Manager betrachte, vor das innere Auge das Bild einer geliebten, aber nicht eng verwandten Person zu stellen, die dem Manager ähnelt, sei es auch nur in einem winzigen Detail, wie Haarfarbe oder Körpergröße etc. Eben deswegen übten wir vor einem Gebüsch, das ungefähr die Größe des Managers hatte. Ich hätte darin einen Kindheitskameraden oder Ähnliches zu sehen. Es müsse doch jemanden geben, der mir lieb und wert ist und trotzdem eine beliebige Ähnlichkeit mit dem Scheusaal habe! Letztendlich ist es mir doch gelungen, an meinem Lieblingslehrer, der längst tot ist, eine Ähnlichkeit zu entdecken - der Herr gebe ihm die ewige Ruhe. Ja, er hatte auch einen komischen Eierkopf wie Godzilla, sonst war er dem Scheusaal gegenüber ganz konträr. Gegen Ende der mehrstündigen Einschulung vom Vortag meinte Crisna, ich wäre ganz nah daran, den „Buddha-Blick" zu beherrschen, nur beim Rezitieren hapert es noch, ich sollte morgen im Dienst jede freie Minute dazu nützen, um dies zu üben.

Schau! Der Manager steigt nun wieder die Treppen herunter! Sobald er mir näherkommt, werde ich ihm den Buddha-Blick zuwerfen! Unbedingt!

Nein, ich habe mich doch nicht getraut. Dafür ist mir aus Verzweiflung ein lautes „Grüß Gott" entkommen, obwohl ich ihn heute mehrmals umsonst mit einem tiefen Kopfneigen begrüßte. Er ging aber vorbei, als ob er mich überhört, ja überhaupt niemand gesehen hätte. Offenbar nimmt er mich nicht mehr zur Kenntnis, ich bin für ihn schon ein „Niemand", ein Aussätziger, den man baldigst loswerden möchte. Sicher liege ich schon für ihn auf der „Laderampe", und es ist vielleicht nur eine Frage von Stunden, daß er, so im Vorbeigehen, kurz auf einen Knopf drücken wird. Da wird jemand vom Personalbüro im ersten Stock ein Blatt mit einer Zwei-Zeilen-Mitteilung in ein blaues Kuvert stecken, mich bei Dienstschluß ins Büro rufen und es mir in die Hände drücken. So werde ich hinaus katapultiert werden, um dann auf den harten Boden der Arbeitslosigkeit oder eines miesen Jobs ohne Trinkgeld und Verpflegung zu landen.

Im besten Fall. Was wird aus mir werden? Vielleicht erwartet mich dasselbe Schicksal wie Viktor, der täglich gegen elf Uhr mit einer Plastiktasche in der Hand zum Sandlertreffen im Stadtpark vor unserem Hotel vorbeizieht. Er war doch auch viele Jahre lang Kofferträger, und

Godzilla hat ihn ebenso von einem Tag auf den anderen gekündigt. Und in einen durchschnittlich bezahlten Job konnte er sich nicht dareinfinden.

Der Buddha-Blick! Es bleibt mir nichts anderes übrig, wenn ich den Countdown noch aufhalten will. Bei nächster Gelegenheit werde ich ihn anwenden. Das ist die letzte Hoffnung.

DIE RODEL

Hoppla! Der Concierge braucht mich wieder. Während er einem Gast auf einem Stadtplan etwas zeigt, schiebt er mir mit der linken Hand einen Zettel mit einer Zeichnung zu. Sicherlich würde ein Outsider darin nur einen von einem Fünfjährigen gekritzelten Apfel mit einem komischen Stiel sehen, ich aber weiß genau, daß dies ein Päckchen mit einer Schleife sein soll. Alles klar! In die Zimmer der Chirurgengruppen, die in unserem Haus für einen Kongreß untergebracht sind und die sich derzeit im Konferenzsaal aufhalten, sind Werbegeschenke hinzulegen. Kein Problem! Eigentlich ist es mir lieber, auf die Hotelgänge geschickt zu werden, um Geschenke in Zimmern zu verteilen, als hier in der Hotelhalle vom Front Office Manager dauernd beobachtet oder angeblitzt zu werden.

Also Geschenkverteilung ist nun für mich angesagt. Ich schiebe im fünften Stockwerk die Rodel, voll aufgetürmt mit elegant verpackten Geschenkschachteln. Ich fahre die Rodel nur langsam und neige immer wieder den Kopf zur Seite. Das fehlte mir gerade, daß ein Gast sich beschwert, er wäre von einem Kofferträger mit einem Muttermal auf der Nase beinahe gerammt worden. Wehe, wenn ich nach dem Vorfall mit dem Japaner in der Hotelhalle - als ich diesen gerade noch einholte, bevor sich die Lifttür zuschlug - nur den kleinsten Fehler mache. Ich schreite also langsam hinter dem Berg von Schachteln her, schaue immer wieder auf ein Zettel, welches als nächstes Zimmer dran ist. Es ist ruhig, denn alle auf diesem Gang untergebrachten Gäste, lauter Kongreßteilnehmer, sind nun im Kongreßsaal. Es riecht nach sauberem, frisch gebügeltem Bettzeug. Die Zimmermädchen haben ihre Arbeit abgeschlossen und befinden sich nun auf anderen Stockwerken unterwegs. Zu hören ist nur ein dünnes Pfeifen vom Rollen der Rodel auf dem Gangteppich.

Und dieses Gefährt, die Rodel, ist so beschaffen, daß sie, wie sehr auch immer beladen, beim richtigen Anpacken überhaupt nicht schwer wirkt. Wie ich dahintergeklemmt schreite und sich ihr schaukelndes Gewicht durch die zwei langen Griffarme mehr auf meine Hüften als auf meine Hände verteilt, ergreift mich sogar eine leichte lustvolle Erregung. Die Rodel schmiegt sich fast an meinen Körper an, und ihr Gewicht hebt mich leicht auf und ab, als wäre sie nur ein riesiger Vorsprung meines Unterleibs geworden. Vielleicht hat alles im Leben, was uns schwer vorkommt, so etwas wie einen „richtigen Griff", an dem angepackt uns dann alles leicht fallen würde. Wir sagen immer wieder: „Das Leben ist schwer!“ Und wie ist bitte eine voll beladene Rodel? Eben ... Aber wenn man sie richtig anpackt, geht es ohne weiteres. Wer weiß? Vielleicht hat die Erde selbst so etwas wie einen Stiel, Henkel oder Arm. Vielleicht ist das eine Insel oder ein Berg ... Würden alle Menschen auf einen Berg steigen, sich Hand in Hand halten und dann auf ein Signal einmal kurz in die Höhe springen, dann ... dann würde vielleicht der Planet selbst aus seiner bisherigen Neigung herausrücken. Und dadurch sich alles Schiefe auf ihm mit einem Schlag auflösen! Oder in die entgegensetzte Neigung geraten. Hi, hi ... Dann würde der Front Office Manager Kofferträger, und ich womöglich ...

Da würde ich mir das Scheusal tüchtig vornehmen!

Aber vielleicht ist Godzilla doch durch den Buddha-Blick zu zähmen. Wie klingt aber der magische Spruch, das „Mantra“ : „DU A LO I HASS DI WI DI PE ...“. Nein, so: „DU A LO I HA DI WI DI PEST!“. Nein: “DU AH LO, I HA DI WI DI PE!“

Na, was war das?! Ich habe doch ein dumpfes Geräusch gehört, das aber gleich aufhörte, als ich stehenblieb. Wer kann hinter mir sein? Vielleicht Ivan? Er wird bestimmt hinter eine Tapetentür geschlichen sein, wo er hinter den Feuerlöschern kleine Vorräte an Nüssen aufbewahrt, um in Ruhe welche davon zu knabbern. Wo war ich in Gedanken geblieben? Ich weiß es nicht mehr. O doch, bei der Rodel. Wie ich hinter die Rodel geklemmt fortschreite, kommt sie mir wie ein riesiger Panzerschild vor, als würde ich so geschützt gegen eine feindliche Stellung marschieren.

Aber wie kommt mir nun ausgerechnet dieses Bild in den Sinn? Warte! Das ist doch eine Szene aus einem in der Kindheit gesehenen Film mit Indianern, Banditen und zwei verbrüderten Männern im Kampf für die Gerechtigkeit, ja, genau, ein Film mit Winnetou, von denen ich keinen verpaßt hatte. Samstag nachmittags nach dem Schulunterricht stellte man uns in einer Kolonne auf und führte uns ins Kino meines Heimatdorfes, das am Wochenende auch als Hochzeitssaal diente und deswegen vom gewaschenen Boden stark nach Petroleum stank. Ich habe die Szene noch lebendig vor Augen. In einem Film hängt der weiße Mann, Old Shatterhand verletzt am Rand einer Kluft. Wie er dahin gekommen ist, weiß ich nicht mehr. Ich erinnere mich nur, ja ich habe es noch lebendig vor Augen, wie verzweifelt er mit den gespreizten Fingern nach einem festen Griff sucht: aber kein Busch, kein Felsvorsprung ist da. Er blutet aus einer Wunde, seine Kräfte lassen nach, ein kleiner Abrutscher und noch einer. In dem dunklen Saal des Dorfkinos, wo nur das Surren des Projektors zu hören war, wurden dabei ein paar Dutzend kleiner Herzen winzig klein. Plötzlich streckt sich auf der großen Leinwand langsam eine kräftige, rötlichbraune Hand zu ihm hinunter. Und im Kinosaal beginnt es zu toben von frohem Kindergeschrei und Trampeln, schon bevor das Gesicht dessen gezeigt wurde, dessen Hand es war. Denn wir Kinder haben es alle richtig erraten: das muß sein Blutsbruder sein, der Häuptling der Apachen, Winnetou.

Ich lächle bei der Erinnerung an meine in Siebenbürgen verbrachte Kindheit in mich hinein. Wie kommt mir aber ausgerechnet diese mir so lange verschüttet gebliebene Filmszene in den Sinn? Vielleicht ... Na ja, nicht anders war's doch mir kurz zuvor zumute, ich stand auch knapp vor dem Abstürzen in einen Abgrund. Damals, als vor meiner Nase ein riesiger Koffer samt einem kleinen, vom Schleppen verschwitzten Japaner vorbeigezogen und schon fast am Lift angelangt war, ohne von mir wahrgenommen zu werden. Stell dir vor, ich hätte in letzter Sekunde den Japaner beim Lift nicht erwischt! Dem wäre sicher ein Fußtritt des Managers gefolgt, der mich gleich in den Abgrund der Kündigung befördert hätte. Und auch die darauf folgende Suche nach einer Arbeit oder, falls ich eine gefunden habe, das Schuften ohne Trinkgeld und Verpflegung, was wäre dies alles, wenn nicht ein Absturz in eine düstere Schlucht? Über Godzillas Gesicht huschte damals schon ein Grinsen, als wollte er sagen:

„Das war deine letzte Chance, Baby!"

Ich stand wie angenagelt da, drei Schritte vor der Rezeption, denn ich hatte schon das leise Glöckchen vom Lift gehört. Ich glaubte sogar, daß nichts mehr auf der Welt den zielstrebigen Japaner mit seinem Koffer in den folgenden drei Sekunden vor dem letzten Schritt in den Lift zurückhalten kann. Nein, ihn einzuholen war zu spät! Und in unserem Haus ist ein Kofferträger, der an sich einen Gast mit einem Koffer vorbeiziehen läßt, ohne ihm seine Hilfe anzubieten, nur ein „Ex-Kofferträger". Ich hing wie Winnetou verwundet am Rande des Abgrunds, meine Arme und Knie wurden taub, ich rutschte schon ein Stück hinab, dann noch einmal, als ... als sich an mir ein unsichtbarer Arm hinunterließ, der eine bis dahin unbekannte Taste meiner Instinkte-Tastatur berührte. Eine urgeschichtliche Feder spannte sich dabei in mir und als diese zurückschnellte, fühlte ich mich wie durch die Luft auf die Fersen des Japaners mit dem Koffer geschleudert. Mag dies von außen gesehen wie ein Laufen mit schnellen Schritten ausgeschaut haben, ich selber habe von der Berührung der

Schuhsohlen mit dem harten Fließenboden der Hotelhalle nichts gespürt. Oder etwas habe ich doch dabei gespürt, wie ein Sausen an meinen Ohren und so etwas wie den sanften Druck von federnden Pfoten in meinen Füßen. Hm ... Der Japaner war gerade dabei - nachdem er kurz mit seinem riesigen Samsonite einem aussteigenden Gast auswich - einzusteigen, als ich geschwind die Schuhspitze in die sich schließende Schiebetür steckte und ihm den Koffer aus der Hand riß.

Der war aber wirklich nett! Nein, nicht der Japaner, der damals ein erschreckteres Gesicht machte als ich, der wie eine Wildkatze von hinten auf ihn zugesprungen war, nein, ich meine den Gast vom letzten Zimmer, wo ich eine Geschenkschachtel hinlegen wollte. Kaum habe ich ihm das Päckchen durch den Türspalt gereicht, reichte er mir im Gegenzug einen Geldschein. Ein Zwanziger. Auch gut.

Na schon wieder?! Das Rascheln von vorhin, ich glaubte es erneut zu hören. Das konnte nicht Ivans Knabbern von Nüssen sein, sondern es waren Schritte auf dem Gangteppich. Und zwar so gedämpft, daß sie sicher nur einem vernehmbar sind, der mit sämtlichen Geräuschen im Hotel vertraut ist. Ein Gast unterwegs zu seinem Zimmer? Oder einer unterwegs zum Lift? Wieso aber kein Geräusch vom Schlüssel im Schloß, wieso kein Klingeln der Lifttür? Und wenn sein Zimmer sich irgendwo noch vor mir befindet, wieso überholt er mich dann nicht? Ein Behinderter kann es auch nicht sein, ich hätte doch zusätzliche Geräusche von Gehstock oder Rollstuhl hören müssen. Nein, der hinter mir herging, war kein Behinderter, sondern jemand, der offensichtlich darauf bedacht war, den Abstand zu mir gleich zu halten. Der Front Office Manager?! Godzilla? Wird er vielleicht seit längerem beobachtet haben, wie ich in Gedanken vertieft nur so vor mich schlendere und nicht flink genug meine zugewiesene Aufgabe erledige? Soll ich hinschauen? Falls es aber der Front Office Manager ist, wird er ahnen, daß ich schon ahnte, wer es ist. Und das ist das ärgste Vergehen: Erkennen zu geben, daß man weiß, daß er auf der Lauer liegt.

Lieber werde ich vor dem nächsten Zimmer länger stehen und so tun, als ob sich die Tür nicht gleich öffnen ließe. Mal sehen, was der hinter mir unternehmen wird, wird er mich einholen oder abwarten. Tatsächlich, näherten sich langsam die Schritte, während ich mehrmals die Schlüsselkarte zur Hälfte in den Türschlitz steckte, indem ich vor mich hinbrummte, daß die verdammte Tür klemmt. Mein Herz pochte aber gewaltig.

„Na, Gott sei dank!" rief ich hörbar, daß sich die Tür nun endlich öffnen ließ, gerade als die leisen Schritte in meiner unmittelbaren Nähe anlangten. Der erleichterte Ausruf kam aber eher daher, daß ich an meinem Fuß nicht die gerundeten Schuhenden des Managers, sondern die Spitzen von Damenschuhen erblickte. Knapp über meiner rechten Schulter hob sich dann das Gesicht von Geisha ab. Die Vertreterin des Front Office Managers wandte mir ihren mit dichten, kurzgeschnittenen Haaren bedeckten Kopf zu und lächelte mich flüchtig im Überholen an. Ich schmiß nun geschwind die Geschenkschachtel von der Türschwelle hinein, um rasch wieder auf den Gang zu kommen. Denn dies war eine ausgezeichnete Gelegenheit, die Beine der Geisha nach Herzenslust zu betrachten und nicht nur aus den Augenwinkeln wie in der Hotelhalle.

Sie scheint damit beschäftigt zu sein, sich jedes an der Wand befestigte Bild anzuschauen, ob es ordentlich hängt. Auf alle Fälle bleibt sie fast vor jedem stehen, betrachtet es einmal aus der Nähe, dann von zwei Metern Entfernung, um abschließend den unteren Rahmenrand nach links oder rechts zu rücken. Daß sie aber nicht glaubt, daß ich auf ihre Beine schaue, bleibe ich einige Male mit der Rodel stehen, um eine Schachtel wieder zurechtzurücken, die abzurutschen droht.

Hat Geisha aber einen aufreizenden Gang! Sie schreitet so, als ob die von ihr ausgetretenen Luftmassen sich über die Fußsohlen, Waden und Schenkel bis hinauf zu den Schultern und Haarspitzen übertragen würden. Besser gesagt, sie schreitet nicht, sondern sie schwimmt ganz langsam vorwärts, als wäre sie von wellenförmigen Flossenbewegungen angetrieben. Noch besser gesagt, scheint sie irgendwie vor mir eher rückwärts zu schwimmen und dabei - wie ein Tintenfisch - einen unsichtbaren Stoff abzugeben, der auf mich betäubend wirkt. Was für ein Unterschied zu Claudia von der Rezeption, die ihre Reiterbeine so bewegt, als ob sie nur zum Gehen bestimmt wären.

Geisha schaut plötzlich zurück, aber über mich hinweg, den Kopf seitlich gegen die Gangwand gesenkt, um angeblich zu sehen, ob alle Bilder nun aus der Ferne ordentlich in derselben Höhe hängen. Ich werfe ebenfalls einen Blick auf die nun ordentlich hängende Bildreihe an der Wand und strecke den Daumen bestätigend aufrecht: super! Sie hängen alle einwandfrei in einer Reihe! Die Geisha lächelt mich diesmal länger an, sich für das Mitmachen bedankend.

Nun geht sie wieder weiter, während ich hinter ihr das Mustern der beweglichen Silhouette wieder aufnehme. Die kann aber jemandes Phantasie beflügeln! Ihre leicht schwingende Figur kommt mir nun vor wie eine sich leicht im Wind wiegende Wiese, die sich vor mir - einem erhitzten Wanderer - ausbreitet und mich zum Herumkugeln einlädt. Oder sie hat eher etwas von einem riesigen Spielfeld, auf dessen Mitte ein knackiger Lederball liegt, als wartete er nur den Anpfiff des Schiedsrichters ab, um von mir angestoßen zu werden als Auftakt zu einem rauschenden Fußballspiel.

Verdammt! Bei diesem letzten Phantasiebild bekam die Rodel von meinen Hüften einen derartigen Ruck, daß ein paar Schachteln diesmal echt auf den Boden rutschten und mit einem Gerassel herabfielen. Nun muß ich sie schnell wieder aufschlichten. Geisha blieb kurz stehen, drehte sich aber nicht um, ging weiter und öffnete das Zimmer mit dem Schild „Manager On Duty" am Ende des Korridors.

DAS NENNT MAN PÄCKCHENVERTEILUNG!

Uff! Wie eine Päckchenverteilung enden kann! Ich soll mich jetzt nun hier auf meinem Platz auf dem Bogen vor der Rezeption konzentrieren und nicht mehr daran denken. Gott behüte, daß ich wieder einen Gast mit Gepäck vor mir übersehe! Uff, wie eine Päckchenverteilung enden kann!

Nachdem ich die auf dem Boden verstreuten Pakete wieder auf die Rodel geschlichtet hatte, wollte ich wieder weiter damit, doch als ich vor dem Zimmer stand, wo die Geisha verschwunden war, merkte ich, daß dessen Tür einen Spalt offen stand. Ich schaute aus dem Augenwinkel hinein, wollte wieder vorbei, als durch den Türspalt der Tintenfisch auf der Schwelle erschien wie zwischen Klippen im Wasser. Ob ich ihr einen Gefallen tun könnte, wandte sie sich unerwartet an mich, ihr bei der Umstellung der Möbel im „Manager On Duty"-Zimmer zu helfen. Als sie dies sagte, bekam der Tintenfisch eine leicht grelle Färbung, und mir schien, daß ihre feinen Nasenflügel ebenfalls ab- und anschwollen. Es wäre daran nichts Ungewöhnliches gewesen, hätte sie nicht gleich noch etwas hinzugefügt. Ich solle mich übrigens mit der Geschenkverteilung nicht beeilen, die Gäste kommen erst spät zurück und „der Front Office Meckerer" ist sowieso für zwei Stunden aus dem Haus, um jemanden zum Flughafen zu begleiten! Das sei sehr nett, erwiderte sie bei meinem zunächst ein bißchen verlegenen Nicken, ich könne schon hineingehen und auf sie warten, sie werde inzwischen den Concierge wissen lassen, daß sie mich „für eine Weile" braucht. Dann entfernte sie sich in Richtung Lift, und dabei hatte ich wieder die Gelegenheit zu sehen, wie schwungvoll, wie von einer unsichtbaren Schwanzflosse getrieben dies geschah.

Ich betrat den Raum, der halb als Büro, halb als Ruheraum eingerichtet war: ein großer Arbeitstisch mit Computer, ein Kaktus auf dem Boden, eine Bettbank und ein Kleiderschrank. Ich setze mich auf die Bettbank, dann stand ich wieder auf und ging ins Badezimmer, um mir das Gesicht mit kühlem Wasser zu waschen. Ich wollte mich beruhigen!

Als die Geisha vom gefürchteten Godzilla so abfällig sprach, ihn als „Meckerer" bezeichnete, nahm sie mir die ganze Scheu, die man gewöhnlich einem Vorgesetzten gegenüber hat. Ja, sie ließ mit einem einzigen Satz etwas von einer verschwörerischen Bindung auftauchen, die auf gemeinsamem Komplottieren gegen einen verhaßten Dritten beruht. Sie zupfte so an einer Saite in mir, und deren Schwingungen fingen nun an, sich in immer stärkeren Wellen in mich zu verbreiten. Meine lang angesammelte Angst vor Godzilla, mein alltägliches, verunsichertes Aufpassen ging plötzlich in eine gewaltige Wut gegen ihn über. Niemand traute sich ein schlechtes Wort über Godzilla laut zu sagen, das wäre ihm doch früher oder später zu Ohren gekommen. Aber Geisha nannte ihn mir gegenüber hemmungslos einen Meckerer, und dies löste in mir eine wahre Angriffslust auf ihn aus. Ich schaute mich sogar im Zimmer um nach etwas, das an ihn erinnert, um es auf den Boden zu schmettern und mit den Füßen zu treten. Nichts aber erinnerte an seine Person. Nur der seidene Schal von Geisha lag auf der Sessellehne. Ich brachte ihn ans Gesicht, genoß die Berührung der weichen Seide und atmete in langen Zügen seinen leicht herben Duft.

Und da passierte etwas Ungewöhnliches: die angriffslustigen Gedanken gegen den abwesenden Manager schlugen mit einem Mal in das Feuer einer gewaltigen Begierde nach Geisha um. Zwar hat mich Geisha immer ein bißchen angezogen, seit einiger Zeit sogar mehr. Ich meine, seitdem mir bei ihr manche Ähnlichkeit aufgefallen war, wie ihrer Beine, mit denen, die nun Claudia aus der Parallelklasse hätte, beziehungsweise ihrer Brüste mit Tizas Busen. Aber nun, nachdem sie in mir eine Aggressionswelle gegen den Manager auslöste, steigerte sich dieser Anreiz um das vielfache. Wieder ging ich ins Badezimmer, kühlte mir das Gesicht ab, und weil mir dies nicht half, preßte ich den gewölbten Hosenschlitz gegen das kühle und harte Waschbecken.

Doch als die Geisha unmerklich ins Zimmer zurückkam, ergriff mich wieder die Unsicherheit, zumal sie kein Zeichen gab, sich die Bluse aufzuknöpfen, wie ich mir schon in meiner Phantasie ausmalte. Zunächst wies sie auf einen Schrank hin, unter den sie den großen Teppich hervorschieben lassen wollte. Ich ging in die Hocke, stemmte den Schrank etwas in die Höhe, während sie sich auf den Knien an meinen Füßen runterließ, um den Teppich hervorzurollen. Ihre dichten Haare fielen dabei zur Seite und legten ihren Scheitel und ihren Nacken frei. Der Anblick ihrer entblößten Nackenhaut mit winzigen Pünktchen und der Wirbelknochen rief in meinem Kopf ein seltsames Bild hervor: ein junges Huhn lag nun auf dem Boden mit ausgestreckten Flügeln, den Schnabel in den Staub gedrückt. Und meiner bemächtigte sich der bestialische Trieb auf seinen Rücken zu steigen und brutal darauf zu stampfen, das Gebiß in seinen Hals zu drücken, um dann in sein Gefieder vorzudringen. Doch eine überkommende Scheu hielt mich davon ab. Ja, in diesen wenigen Sekunden, als ich den Schrank einen Spalt hochhielt, durchfuhr mich ein seltsames Stimmengewirr. Die Scheu meldete sich wie eine ältere Damenstimme, die einen französischen Einschlag hat:

- „Non, non! Toi coq! Nein, nein, du strotzender Hahn, das Wesen bei deinen Füßen ist kein Huhn, sondern eine Vorgesetzte im Haus!"

Während diese mahnende Stimme in meinem Kopf ertönte, sah ich die gespitzten Lippen meiner Französischlehrerin, Madame Charlotte. An ihre Gesichtszüge erinnere ich mich nicht mehr, aber an die Bewegung ihrer gekräuselten Lippen, von unten aus gesehen - denn ich saß in der ersten Schulbank - schon. Die nette ältere Dame, die in Frankreich aufgewachsen war, litt fast organisch, wenn ein Schüler ein Wort mit dem anderen verwechselte oder einen anderen „erreur grave" machte. Da aber in ihren Augen diese Kategorie ziemlich umfassend war, gab es kaum eine Stunde, die verging, ohne daß sich Madame Charlotte das Gesicht in den Händen barg und ein jammerndes: „Non, non!", „Catastrophe!" ausstieß. Auch mich flehte sie oft auf diese Art an, einen Fehler nicht mehr zu wiederholen, als ob von diesem das Schicksal der Welt abhinge.

„Non, non!" klang in mir nun wiederholt die aus längst vergangenen Jahren wieder auferstandene Stimme.

Der geilstrotzende Hahn ließ sich aber von Madame Charlottes Flehen gar nicht beeindrucken und gackerte ermutigend zu:

„Doch, doch! Greif nur zu! Es ist ein junges, wohlbeleibtes Huhn, das zu deinen Füßen liegt!"

Da ließ ich mich ein bißchen tiefer in die Hocke, den Kasten aber in derselben Höhe haltend.

„Mon Dieu!" setzte wieder die mahnende Stimme in mir lallend an. „C'est une Managerin, nicht mit einem Huhn verwechseln!"

„Höre nur auf deinen Instinkt!" schaltete sich hier wieder der Gockel beruhigend ein. „Du siehst doch das schimmernde Gefieder! Komm, steig drauf und steck gleich deinen Schnabel in seinen Nacken!"

„Erreur! Erreur grave!" kam wieder die flehende Stimme der Französischlehrerin. „Du bist doch nur ein Garçon im Dienst, ein pauvre Kofferträger!"

„Hör nicht zu! Du bist ein braver Kikeriki, Herr auf einem Bauernhof, und zu deinen Füßen ist nun ein Hühnchen! Komm, mach deine Arbeit und Schluß!"

In dem Moment fing die Geisha an, sich langsam aufzurichten. Dabei wankte sie ein bißchen, als ob es ihr schwindelig wäre, und ließ sich leicht gegen meine ihr instinktiv gereichten Arme fallen. Nun war mit einem Male zwischen uns kein Abstand mehr. Als meine Hände dann ihre Taille festhielten, hörten sowohl die Stimme von Madame Charlotte als auch die Gockelstimme auf. Denn bei dieser Berührung erwachte in mir der reine pflichtbewußte Kofferträger. Meine Armmuskeln und Sehnen taten nun automatisch das, was sie immer tun, wenn im Hotelbereich auf ihnen etwas lastet: mit einem Ruck heben sie das Schwere in die Höhe, um es anschließend auf ein Regal oder auf einen Koffertisch zu legen. Weil aber nun nichts Derartiges in der Nähe war, drückten meine Arme dieses Schwere einfach gegen die Wand neben der Tür und hielten es so fest. Zunächst war auf Geishas Gesicht Erstaunen zu lesen, als hätte sie nicht glauben können, was vor sich geht. Aber nur kurz, denn dann wurden ihre Hände flink. Eine Hand griff unmerklich rechts nach hinten, ich hörte den Schlüssel im Schloß zuschnappen, die andere nach vorne, um den schon vor Begehren pochenden Koloß zu befreien. Sie starrte ihn ein bißchen verwundert an, begann aber dann, ihm den Weg zu ebnen dorthin, wo er hingehörte.

Kaum aber begann der Koloß das ersehnte Zuhause zu genießen, schrillte etwas in seiner unmittelbaren Nähe: unter dem nach oben gezogenen Rock von Geisha läutete ein Piepser. Mit diesem schrillen Laut begann in mir wieder die jammernde Stimme von Madame Charlotte zu ertönen: „Catastrophe, catastrophe“!

Aber Geisha gelang es schnell, diese Stimme zu verscheuchen.

„Erschrick nicht!“ flüsterte sie zu mir mit säuselnder Stimme, während sie das piepsende Ding ausschaltete und wegwarf. Als ob sie meine Gedanken gelesen hätte, fügte sie hinzu:

„Ich habe dir doch gesagt, daß der Front Office Meckerer nicht hier ist!“

Daß das Schimpfen auf den Manager mich gleich wieder zu Kräften brachte, dürfte sie besser als ich gespürt haben, denn sie fuhr gleich fort, während sie ihre Beine fester um meine Schenkel klammerte.

„Der Front Office Meckerer!“ „Das Front Office Ekel!“ „Der Front Office Esel !“ steigerte sie sich.

„Du magst ihn auch nicht?“ fragte ich sie glücklich. Sie verstand, was ich brauchte, und blies gerne in die Glut meines Hasses.

„Ich würde ihn am Spieß drehen!" sagte sie und, um mir etwas von dieser Marter zu vermitteln, begann sie auf meinem Schoß rhythmische Umdrehungen wie die eines Spießes über einem Lagerfeuer durchzuführen.

Ich hatte nicht genug davon und fragte sie aus, zwischen zwei Küssen, nach Details begierig.

„Direkt am Spieß? So, ohne Vorbereitung?!"

Da preßte sie ihre Lippen an meine Schulter:

„Doch, doch ... Ich würde ihn zunächst überall mit Heizöl einreiben!"

Sie begann mich nun an den Schultern, am oberen Teil des Bauches abzulecken, überall einen Schleim hinterlassend, wohin ihre Zunge reichte.

„Und du?" fragte sie mich nun leicht stöhnend. „Was würdest du dem Meckerer antun?"

„Ich würde ihn am Galgen baumeln lassen!" Und um ihr ein bißchen von dieser Hinrichtungsart anzudeuten, begann ich mit ihr - sie fester an mich drückend - auf den Schuhspitzen auf und nieder zu wippen!

„Wie schön ist es, so am Galgen zu baumeln!", sagte sie.

„Und du?!" fragte ich sie, denn sie war nun an der Reihe.

„Ich würde ihm ... auch ein paar Löcher in den Leib bohren, daß sich die Fliegen auf seine blutigen Wunden setzen können!"

Nun begann sie - um mir etwas davon zu vermitteln - die Zähne leicht in meine Haut zu drücken, biß sanft an meinen Ohrläppchen, bohrte ihre Zunge in meine Ohrmuschel!

„Ach wie schön ist es von Fliegen aufgefressen zu werden! Ja, ja!", feuerte ich sie an.

„Aber nicht weniger schön ist es, am Galgen zu schaukeln!" forderte sie mich wieder zum Wippen auf.

„Am Spieß drehen" und „am Galgen baumeln" ergänzten sich ideal. Geisha hatte nun plötzlich verträumte Augen. Sie fuhr mit ausgebreiteten Fingern durch meine Haare, nahm zwischen die Fingerkuppen eine Haarlocke, zog sie sanft in die Länge und ließ sie wieder fallen, als säße sie am Meeresufer und ließe spielend Wasser über die Finger gleiten. Ja, sie war ein Weib voller Wärme und Zärtlichkeit, hatte nichts mehr von der Puppe in der Halle, die dem Spiel eines kindischen Managers dient. Nur am Ende, bevor ich das Zimmer verließ, nachdem ich mich versicherte, daß mich niemand sieht, überraschte mich Geisha mit einer ungewöhnliche Bitte.

„Du!“ rief sie mir nach. „Du! Wo du auch immer sein magst, gib mir ein Lebenszeichen! Ja? Und laß dir inzwischen auf keinen Fall die Haare schneiden. Versprochen?!“

DER BLICK HAGEL AUF MICH

Was wird Geisha damit gemeint haben? „Wo du auch immer sein magst, gib mir ein Lebenszeichen!“ Na, ich werde sie gelegentlich darauf ansprechen. Ich meine, sobald wir wieder im „Manager On Duty“-Zimmer zusammenkommen, denn so etwas läßt man nicht nur bei einem Mal bleiben. Jetzt soll ich aber nicht mehr daran denken, denn schau! - zwei Gäste kommen nacheinander herein. Na, die Kollegen waren wieder schneller als ich. Heute gönne ich es ihnen, daß sie auch eine Freude haben.

Claudia vor mir bei der Rezeption tut weiterhin so, als würde sie mich nicht sehen. Aber wenn ich anderswohin schaue, spüre ich gelegentlich ihren Blick auf mich gerichtet.

Aufpassen! Godzilla kommt vom Flughafen zurück, er betritt gerade die Hotelhalle! Diese Gelegenheit darf ich mir nicht mehr entgehen lassen. Es ist meine letzte Chance, ihn mild zu zustimmen: der Buddha-Blick! Gelingt er mir, bin ich gerettet. Mindestens für eine Weile. So meinte doch Crisna: dieser Blick, richtig ausgeführt, vermag in jedem Lebewesen - ob Mensch oder Tier - die Buddha-Natur kurz zum Aufflackern zu bringen. Und immerhin, Godzilla ist ein Lebewesen, sonst wäre er kein Front Office Manager. Bei richtiger Ausführung dieses Blickes und gleichzeitigem Vortragen des Mantras, würde er derart in den Bann des Buddha-Geistes geraten, daß er nicht umhin kann, in mir einen Bruder zu sehen. Dann wird er bei mir nichts mehr zu bemängeln haben.

Sicher muß ich ihn mit ein bißchen Mitgefühl berieseln, deswegen soll dabei mein inneres Auge stets bei meinem Volksschullehrer sein, der zwar denselben Eierkopf hatte wie Godzilla, mir aber lieb und wert war, nicht wie dieses Ekel. Wie kann ich ihm aber von Angesicht zu Angesicht auch nur eine Sekunde gegenüberstehen, wo sein Blick meinem nicht ausweichen und ich dabei den magischen Spruch aufsagen kann? Warte! Er begibt sich nur in sein Büro, um seinen Aktenkoffer loszuwerden. Und dann wird er, ja ich weiß, wohin er sich dann begeben wird ....

Er kommt aus seinem Büro heraus und geht zum Lift. Jetzt muß ich aber schnell sein, denn wie immer zu dieser Zeit wird er mit dem Aufzug in den dritten Stock fahren, wo ein Fitneß- und Massagezentrum untergebracht ist, um dort einen Kontrollgang zu machen. Schnell, er hat doch schon den Knopf des mittleren Lifts gedrückt. So, nun schnappe ich mir aus dem Koffer-Raum ein Silbertablett und sause damit über die Fluchttreppen bis in den dritten Stock hinauf, komme durch eine Tapetentür auf den Gang hinaus und stelle mich vor die Lifttüre hin. Gerade rechtzeitig, denn, wie am leuchtenden Pfeil am Liftrand ersichtlich, kommt gerade der mittlere Lift von unten herauf.

Ich halte das Tablett sichtbar vor mir, sodaß er glaubt, ich hätte gerade einen Auftrag durchgeführt, meinetwegen einen Brief auf ein Zimmer zugestellt.

Die Tür öffnet sich mit einem Glöckchenlaut und nun stehen wir uns Auge in Auge gegenüber. Der Eierkopf von Godzilla fällt direkt auf mich, jetzt müßte mein inneres Auge schon auf den lieben Volksschullehrer eingestellt sein, aber es ist alles zu rasch gegangen und sein Bild will mir nicht in den Sinn kommen. Woher soll ich das Mitgefühl nehmen, wenn mich Godzilla frontal giftig anbohrt, als würde er mich damit wie ein unnötiges, plötzlich in seinem Weg aufgetauchtes Hindernis zur Seite schieben wollen. Ich rühre mich aber nicht von der Stelle, das ist doch meine einzige Gelegenheit, den Buddha-Blick anzubringen. Und wenn ich kein Mitgefühl aufbringen kann, werde ich mindestens den Ausspruch murmeln, so wie ihn mir Crisna beigebracht hat. Das kann ich doch. Ich atme tief aus, starre Godzilla an und murmle deutlich:

„DU ARSCHLOCH, ICH HASSE DICH WIE DIE PEST!“

Dann gebe ich ihm den Weg frei und gehe in die Hotelhalle auf meinen Platz vor der Rezeption zurück. Ob mein Buddha-Blick sein Ziel erreicht hat? Ob ich das Mantra richtig aufgesagt habe? Ich neige dazu, es zu glauben, denn bevor ich in den Aufzug stieg, warf ich einen verstohlenen Seitenblick auf sein Antlitz und schien darauf ein mitleidiges Lächeln zu erkennen. Bestimmt ist das Brudergefühl in ihm erwacht! Dann bin ich gerettet!

Der Bellcaptain kommt nun plötzlich auf mich zu. Er bleibt zwei Meter vor mir stehen und macht das Zeichen „Telephon für dich“ - indem er die linke, zur Faust geballte Hand an sein Ohr hält. Und - was ja äußerst ungewöhnlich ist, denn, wie gesagt, zwischen uns wird höchstens gezischt, nie laut gesprochen - schreit er dann fast:

„Personalbüro!“

Ich gehe also in Richtung Telephon ... Was soll das bedeuten? Während ich den Hörer ans Ohr hebe und mein Blick ungewollt in der Halle umherschweift, fällt auf mich aus allen Richtungen ein prasselnder Blickhagel herab: von Miran aus der entferntesten Ecke der Hotelhalle, von Pepe und

Lacsi vom Kreisbogen vor der Rezeption, von einem in der Loggia vorbeigehenden House-Keeper, vom Bellcaptain und ja, irgendwie mütterlich sorgenvoll, von Claudia selbst! Was starren mich die so an?! Was werden sie an mir plötzlich finden? Von meinem unerwarteten Gegenblick überrascht, haben sie sich nun gleich wieder ihren jeweiligen Aufgaben zugewendet - Miran schaut wieder auf die Partitur, Lacsis Doppelauge nimmt seine übliche undurchsichtige Starre an, Pepe hebt mit seinem langen Arm, fast ohne sich zu bücken, ein angebliches Stück Papier vom Boden auf und Claudia hält ihren Blick wieder auf die Computertastatur gerichtet.

„Hallo!" Komisch, niemand meldet sich am Apparat! Wieder spüre ich den Blickhagel der Kollegen auf mich herabfallen. Was starren die mich so an? In allen Antlitzen scheint so etwas wie eine Inschrift eingeprägt zu sein, deren Bedeutung mich betrifft, obwohl darüber nur sie Bescheid wissen. Das Strahlenbündel dieser Blicke scheint sich nun aber in meiner Netzhaut einzugraben, um dabei alle mir im Verlauf des Tages widerfahrenen Auffälligkeiten ans Tageslicht zu bringen: das traurige „Lonely in the night" von Miran bei meinem Dienstantritt, das ungewöhnliche Schweigen von Lacsi, die ungewöhnliche Kollegialität von Pepe, das Bizarre im Verhalten Claudias, ja die Love-Hour mit Geisha, sogar der schrill geflüsterte Ruf im Koffer-Raum beim Dienstantritt. Kaum sind diese Szenen aus ihrer Verstreuung in meinem Kurzgedächtnis hervorgetreten, beginnen sie sich aneinanderzuhängen und sich zu einer Art geometrischem, mehr eckigem Gebilde zusammenzufügen. Ja, der Blickhagel ließ auf meiner Netzhaut eine Art Pentagon entstehen, das sich nun vor meinem inneren Auge zunächst langsam, dann aber immer schneller um die eigene Achse zu drehen beginnt. Und je schneller das Pentagon sich dreht, desto klarer läßt es in seiner Mitte die enigmatische Inschrift ablesen. Darin leuchtet zunächst das Vokabel „DU" auf, weiter „BIST" und weiter:

„DU BIST GEFEUERT!"

„Du bist gefeuert!" „Du bist gefeuert!" „Du bist gefeuert!" flimmert immer greller und intensiver die Inschrift in der Mitte des Pentagons, das sich irgendwo auf meiner Netzhaut gebildet hat.

„Hallo! Hallo!" schallt es nun endlich aus dem Telefonhörer, „sind Sie dran?... Sie werden gebeten, am Dienstende ins Personalbüro zu kommen!"

Nach der soeben erlebten Erleuchtung scheint mir die prompte Mitteilung durch die heisere Stimme der Sekretärin vom Personalbüro überflüssig. Doch ich antworte höflich mit einem sogar frohen „Jawohl!" als ob ich keine Ahnung davon hätte, was dieses Telefonat bedeutet und auch nicht, daß diese Stimme weiß, daß ich es weiß! Ich war also gefeuert und alle wußten schon seit Dienstbeginn Bescheid! Ja, das war doch die Methode vom Front Office Manager - er ließ am Tag der Kündigung eine herabsetzende Bemerkung an die Adresse des noch nicht anwesenden Opfers fallen. Und die Verkündung der bevorstehenden Kündigung verbreitete sich gleich überall beim Personal.

„Sie werden gebeten am Dienstende ins Personalbüro zu kommen" bedeutet für mich aber nicht nur:

„Sie werden am Dienstende ein Kuvert mit Ihrer Kündigung gereicht bekommen", sondern darüber hinaus:

„Leeren Sie schon heute alle Sachen aus Ihrem Kastenfach im Untergeschoß aus, geben Sie alle Kleidung und Schlüssel an die Wäscherei zurück und von uns aus, melden Sie sich krank!"

Denn auch wenn es keine fristlose Kündigung war, durfte der Gekündigte in unserem noblen Haus zwei Tage später das Hotel nicht mehr betreten, die Securitymen waren streng angewiesen, darauf zu achten.

Nun herrschen wieder klare Verhältnisse, stelle ich fest, nach dem Telefonat zu meinem Standplatz auf dem Kreisbogen vor der Rezeption zurückgekommen: Die Kollegen sind wieder eindeutig zu erkennen! Ja, Lacsi übertrifft sich sogar diesbezüglich, denn er berichtet mir nun im Detail über die zu Mittag in der Hotelkantine verzehrten Speisen. Sogar über seinen letzten Urlaub in Thailand, wohin er auch heuer fährt, erzählt er nun. Immer wieder werden darin die zierlichen, zarten „wie aus Porzellan geschliffenen Finger" seiner Freundin Taja erwähnt, wobei Lacsi die Hüften kurz ruckartig zurück zieht, was automatisch ebenso ruckartig seinen Kopf - der Mechanik zufolge - nach vorne senkt. Das ähnelt so weit einem ergebenen Gruß, der immer einen Anflug von leichtem Schrecken hat, den Vorbeigehenden beinahe nicht bemerkt zu haben, daß die Gäste, von seinem ergebenen Gruß angenehm überrascht, dankbar lächelnd erwidern.

Pepe ist nun offensichtlich darauf aus, den - durch seine christliche Geste mir gegenüber, als einem schon zum Tode Verurteilten - verlorenen Hunderter aufzuholen und hastet jedem eintretenden oder abreisenden Gast entgegen. Es ist so, als ob bis zur Verkündung meiner Ausstoßung alle Angst gehabt hätten, sie könnten in das auf mich wartende Unheil mitgerissen werden, und es war ihnen lieber, Abstand von mir zu halten. Nun, wo alles wieder klar ist, verlaufen die Dinge genau wie früher, ja sogar mit einer allgemeinen Erleichterung. Nur Claudia, obwohl ich sie so anlächelte, als wäre mir nichts passiert, lächelt mir mit einer Miene zurück, in der eine Mischung von Verlegenheit und Scham durchkommt: Schämt sie sich vielleicht, daß sie mich nicht vorgewarnt hat? ... Das hätte doch nichts ändern können.

DER HOHE BESUCH

Also habe ich nur noch ein paar Stunden in diesem Hotel zu bleiben. Hätte ich sie wenigstens auf meinem Stammplatz vor der Rezeption verbringen können! Aber nein, plötzlich mußte der Wagenmeister vertreten werden und der Bellcaptain hat mich hinausbeordert, sicherlich um Godzilla meinen Anblick zu ersparen. Ich mußte schnell den Mantel des Wagenmeisters anziehen, der mir von der Größe her paßt, nur sein Admiralshut sitzt mir locker auf dem Kopf und ich muß ihn immer wieder zurechtrücken.

Sobald ich ein Auto vorfahren sehe, ob privat oder Taxi, schreite ich ihm entgegen, reiße breit die Wagentür auf, indem ich ein lautes „Willkommen" ausstoße. Wie lange wird der Wagenmeister noch brauchen, sich umzuziehen? Ich wollte die letzten Stunden in der Nähe von Claudia verbringen. Ja dieser „Hohe Besuch", der sich nun bei uns im Hotel meldete, kommt mir überhaupt nicht gelegen.

Kaum eine Stunde nach der Urteilsverkündung trat plötzlich eine leichte, kaum wahrnehmbare Erregung im Hotelbetrieb auf. Sicherlich wäre für einen Laien nichts Auffälliges daran gewesen, wenn innerhalb einiger Minuten mehrere Herren und Damen in dunklen Anzügen sich dicht nacheinander die Klinke vom Büro des Front Office Managers in die Hand geben. Wenn aber diese Herren und Damen die Chefs aller Hotelabteilungen - Concierge, Rezeption, House-Keeping, Security, Konferenzräume, Restaurant - sind und wenn der Betrachter dieser Prozession aus dem günstigen Winkel des nicht eingezeichneten, aber feststehenden Kreisbogens vor der Rezeption ein Althase wie ich ist, dann war bestimmt der Grund dieser unerwarteten Versammlung nur einer von zweien: entweder hatte eine gewaltige Beschwerde gegen das Haus beim Front Office Manager eingeschlagen oder ein hoher, kurzfristig angemeldeter Besuch steht an.

Im ersten Fall, sollte dadurch ein schwerwiegender Stammkunde verloren gegangen sein, war mit einem Köpferollen zu rechnen. Darüber wußten wohl alle diese Chefs Bescheid, die sich vor der Tür von Godzilla einander betont gelassen begrüßten und sich mit ausholender Hand den Vortritt gaben, um die innere Unruhe vor dem unsicheren Bevorstehenden zu verbergen. Daß diese Großen nichts zu fürchten brauchen, wußten aber wir die Kofferträger schon vor ihnen! Wie denn das? Schon vor einer

Stunde begann uns der vor dem Hoteleingang stehende Wagenmeister das komplizierte Zeichen „Heute muß ich ganz schön mausern!“ vorzuführen. Mit dem Gesicht zu uns tat er vor der gläsernen Drehtür so, als ob er an seinen riesigen Mantelknöpfen herumdrehte, während sein Kopf mit dem hohen und breitkrempigen Admiralszylinder seitlich nach links und nach rechts fiel wie das Pendel eines Taktmessers. Mit dem ersten Teil dieses Zeichengebildes deutete der Wagenmeister die Tatsache an, daß er wie immer, wenn ein Hoher Besuch ins Haus steht, die Garderobe in der Hotelschneiderei besuchen muß, um sich den festlichen Dienstanzug anzuziehen. Das heißt: einen frischen gebügelten Mantel, einen noch größeren Admiralshut und ein zusätzliches blaues Band schräg über die Schultern!

Mit der seitlichen Kopfbewegung, so ausgeführt, als ob ihm der Hals steif geworden wäre, deutete er auf die verläßliche Quelle dieser unheimlich wichtigen Information: die Staatspolizei! Denn zwei identisch ausschauende Herren im hellgrauen, langen Mantel, schwarzen Schuhen und Krawatten mit Nadeln, standen wie zufällig jeweils an den zwei Ecken der Hotelfassade und schauten ablenkend in die Schaufenster einer Damenboutique bzw. eines Behindertenartikel-Geschäftes. Eben wie immer, wenn ein Hoher Besuch bevorsteht. Es steht so gut wie fest: ein hoher Würdenträger, dessen Leben irgendwo auf dem Erdball so wenig selbstverständlich war, daß er selbst erst im Flugzeug die Entscheidung trifft, in welchem Luxushotel in der Zielstadt er untergebracht werden will, hat sich für unser Haus entschlossen.

„O.k., o.k! - wir haben es doch verstanden!“ mußten wir wiederholt dem Wagenmeister zur Bestätigung zunicken, denn er hatte sich nun in der Vorführung dieser verhüllten Mitteilung, die eigentlich möglichst diskret gezeigt werden sollte, derart verstiegen, daß er infolge so oft und tief geneigter Kopfbewegungen nun fast taumelte. Vielleicht trug der Wagenmeister diese Mitteilung so dick auf, weil er sich nicht sicher war, ob sich Lacsi, der als nächster neben der Eingangstür stand und als erster die Meldung empfangen und weiterleiten sollte, an die Bedeutung dieses Zeichens noch erinnern wird, das höchstens zwei- oder dreimal im Jahr zur Anwendung kommt, was tatsächlich aus Lacsis matt wässerigem Doppelauge sich nie mit Sicherheit ablesen ließ. Auf alle Fälle, der Wagenmeister wackelte dabei ziemlich stark.

Gleich danach kam Godzilla, gefolgt vom Anhang aller Abteilungschefs mit einem von der Bedeutung des Ereignisses gemessenen Schritt aus seinem Büro heraus und fuhr wie ein General über das zukünftige Schlachtfeld mit einem weit reichenden Blick über die Halle. Da machte uns der Bellcaptain in einem dem Manager ähnlichen Schritt das Zeichen „Antreten!“: Er bewegte die Mittelfinger beider Hände, dicht an die Hüften gedrängt wiederholt so, als würde er zwei beiderseitig stehende Esel auf den Bäuchen kitzeln, währenddessen sich seine fest gepreßten Lippen bis zu den Ohrläppchen hinaufzogen, sodaß jeder von uns das Aussprechen des ersten Buchstaben des Vokabels „Besuch“, das weiche „B“ auf seinem Gesicht erkennen konnte. Obwohl der Bellcaptain von diesem Besuch längst wußte, sprach er zu uns an einer Ecke der Hotelhalle um ihn Versammelten, wie einer der soeben davon erfahren hätte, von der Bedeutung des Ereignisses zwar ergriffen, doch dadurch bei weitem nicht in Panik geraten. Was er den anderen Kofferträgern sagte, kann ich nur ahnen, denn mich schickte er gleich nach dem „Antreten“ zur Vertretung des Wagenmeisters hinaus vor den Hoteleingang, bis dieser vom „Schönmausern“ aus der Hotelwäscherei zurückkommt.

Ich stehe nun also draußen in der Kälte, im Mantel des Wagenmeisters eingehüllt, vor der imposanten Hoteltüre und schaue nur ab und zu durch die Glastür in die Hotelhalle. Die Kofferträger, den Kopf vorgestreckt, hören brav dem Bellcaptain zu, als ob sie keine Ahnung von dem Besuch gehabt hätten und auch nicht, daß sie schon wissen, was er ihnen sagen wird. Und zwar, wie immer zu diesem Anlaß, sagt der Bellcaptain zunächst die Sätze:

„Schaut euch noch einmal den Anzug an, daß es nicht vorkommt ... super!“ oder:

„Solltet ihr irgendwo einen alleinstehenden Koffer sehen, gleich die Securities benachrichtigen, daß es nicht vorkommt ... Prima!“

Und weil ihm dann nichts mehr diesbezüglich einfällt, aber die Anweisung des Personals länger dauern muß, folgen solche Sätze wie:

„Die haben das Benzin wieder um 50 Groschen erhöht“, oder: „Es ist ein Wahnsinn mit diesem Wetter!“

Diese letzten beigemischten Sätze dienen, wie gesagt, nur zur Zeitverlängerung, dennoch werden sie im selben geflüsterten konspirativen Tonfall ausgesprochen - halb tadelnd, halb anfeuernd - wie die ersten.

Früher hatte ich sogar Spaß, bei der „Hoher-Besuch-Zeremonie“ mitzumachen, bei der ich mich manchmal sogar hervortat. Einmal vor Jahren, als der Kronprinz eines Golfstaates zu uns kam, war ich von der

Festlichkeit des Moments so ergriffen, daß meine anmutige Verbeugung vom Prinzen nicht übersehen wurde und er meinen Gruß freundlichst erwiderte, während er die Schlange der zur Begrüßung wartenden Manager nicht einmal mit einem Blick beachtete.

Nun, was ging mich das ganze Theater da drinnen in der Halle noch an? Nichts! Denn ich hörte doch soeben das Surren des vom Bogen Godzillas schnellenden Pfeils, ja ich sah an meiner Brust seine fein geschliffene Spitze, gerade dabei, sich in mein Herz zu bohren. Was soll's?! Wenn ich zwischen Aufmachen und Zuschlagen von Taxitüren für die in die Stadt eilenden Gäste immer wieder durch die große Glastür in die Halle hineinschaue, in deren Mitte weiterhin Godzilla, umgeben von all den Managern und Kofferträgern Anweisungen erteilt, dann nur deswegen, weil ... Ja, ich will an der Managergestalt irgendwas entdecken, ich weiß nicht was, einen Hornansatz, einen Schuppenfleck, ein Stück Schwanz, einen vorspringenden Eckzahn oder was auch immer, was mir seine Unheimlichkeit verrät. Denn was ist unheimlicher, als hart bestraft zu werden, ohne zu wissen warum?

Etwas Unheimliches an Godzillas Auftritt? Von wegen! Sympathisch sogar tritt nun der da in der Halle auf, nachdem er sein grausames Verlangen nach einem unschuldigen Opfer durch meine Kündigung stillte. Aus seinem Gesicht strahlt beherrschte Selbstgefälligkeit und sogar ein gewisser Charme: Er klopfte im Vorbeigehen Lacsi auf die Schultern und scheint sogar Miran, dem Klavierspieler in der entferntesten Ecke zuzuzwinkern, er steht nun sogar spitzbübisch mit den Ellbogen auf das Rezeptionspult gestützt. Lacsi steht weiterhin wie ein treuer Hund dem Manager nah, in leicht geduckter Haltung, als wollte er ihn um einen kleinen Auftrag anflehen. Wie ich blute da draußen, hinter der Glastür! Der grausame Urvater, der einen seiner Söhne aus einer Laune von sich gestoßen hat, erteilt nun den anderen Zeichen von Zuneigung!

Godzilla wendet sich in Richtung Lift, von wo der vornehme Generaldirektor herkommt, begleitet von einem hochrangigen Politiker, der mir schon von den Nachrichten im Fernsehen bekannt ist. Nun erscheint endlich auch der Wagenmeister aus der Wäscherei im Untergeschoß auf der Bildfläche. Na komm schon endlich, taumle nicht so!

Na! Was ist denn da los?! Es geschieht dort drinnen in der Hotelhalle etwas, als der Wagenmeister von der Kellerstiege herauf in die Hotelhalle kommt und in der Höhe des Generaldirektors und des Politikers anlangt.

Ich weiß nicht was, ich kann es nicht mitbekommen, da mir hin- und hergehende Gäste den Blick versperren. Alles, was ich sehen kann ist, daß der Wagenmeister sich wiederholt vor ihnen verneigt, wobei der vornehme Generaldirektor und sein prominenter Begleiter plötzlich gleichzeitig einen Sprung zur Seite machen. Ich glaube zunächst, daß einem der vorbeigehenden Kellner von der Hotelbar ein Getränk vom Tablett heruntergerutscht sein wird, nun hilft der Wagenmeister, die Scherben aufzuheben. Die Szene hat etwas von einer Operettenaufführung, die beiden springen doch fast gleichzeitig zur Seite, wie in einer graziösen „pas de deux" . Doch nun wird der Blick zu ihnen wieder frei. Was tut der da? Ich sehe den Wagenmeister sich die Hände auf den Bauch halten und - das darf doch nicht wahr sein - er speit reichlich mitten in die Hotelhalle unseres noblen Hauses! Und das im Beisein des Generaldirektors und seines hochkarätigen Gastes! Die in Frack und in Abendkleidung herumwimmelnden Gäste machen mit einem entsprechenden Gesichtsausdruck um die Stelle einen großen Bogen. Jemand von House-Keeping ist schon zur Stelle und wischt nun den Dreck mit einer schnellen Handbewegungen weg.

Ja, das ist Radovitz, der den ganzen Tag in der Halle und in der Loggia im ersten Stock wie ein Schutzengel gegen Schmutz umherflattert und stets Staubspuren oder Flecken auf dem glatten Boden, auf den Armstützen der Ledersessel, Bilderrahmen, Spiegel, Türklinken hinterher ist. Er ist sehr klein, aber unheimlich schnell und trägt in einer der inneren Taschen seines riesigen Diensthemdes eine Flasche Lösungsmittel und einen großen, säuberlich gefalteten Lappen bei sich. Nun, wie oft hat ein House-Keeper in unzähligen Dienstjahren die Chance, seine Tüchtigkeit vor den Augen der Größten des Hauses unter Beweis zu stellen? Nun stehen alle da wie gerufen, weil - was Radovitz sich in seinen kühnsten Träumen nicht gedacht hätte - jemand vor ihnen einen wunderbar großen und unappetitlichen Brei ausleerte. Radovitz kommt wie herabgeschwebt, ja beim Bremsen vor der Stelle rutscht er ein paar Zentimeter auf seinen Schuhsohlen vor, wobei sein breites Diensthemd rückwärts wie eine Art Flügel anschwillt. Er wischt nun den Dreck mit schnellen und sogar graziösen Handbewegungen auf, bevor er sich kurz die Nasenlöcher zuhält, um den unangenehmen Geruch hervorzuheben. Er blickt dabei schmunzelnd hinauf zu den umstehenden Hausgrößen und besonders auf den Front Office Manager, als ob er ihm sagen wollte:

„Schauen Sie nur, wie gelassen und flink ich diese mit viel Wein übergossenen Fleischknödel aufwische. Verdiene ich nicht, endlich zum Kofferträger befördert zu werden?"

Denn Radovitz hatte sich seit Jahren - bisher erfolglos - um diese wegen dem reichlichen Trinkgeld beneidete Stelle beworben. Die Hoffnung hat er, es sei hier nur nebenbei gesagt, nie aufgegeben, auch wenn er sich inzwischen einen eigenen Trick einfallen ließ, daß auch er an ein klein bißchen Trinkgeld herankommt. Da im ersten Stock, wo er meistens residiert, auch die Konferenzräume untergebracht sind, entwickelte er einen Spürsinn für diejenigen Konferenzteilnehmer, denen ein Auftritt vor dem Mikrophon bevorsteht. Er geht wie zufällig am Konferenzsaal vorbei, bleibt aber plötzlich wie von einem Schlag getroffen stehen, starrt auf Schultern oder Kragen eines solchen Gastes, murmelt schnell ein: „Gestatten Sie?" zückt aus einer inneren Tasche eine Bürste und entfernt mit geschwind ausgeführten Bewegungen die Staubspur oder die ausgefallenen Haare, bevor der Gast merken kann, ob an der Kleidungsstelle tatsächlich etwas haftete oder nicht.

Godzilla hat aber jetzt kein Auge für Radovitz. Seine verschmitzte Jovialität von vorhin schlägt nun in einen schneidenden Gesichtsausdruck um, unter dem der Wagenmeister, der nun an der zum Untergeschoß führenden Tapetentür angelehnt steht, Stück um Stück wie ein amorpher Fels zerbröckelt. Der Wagenmeister scheint zwar noch etwas vor sich hinzubrummen, eine Entschuldigung vielleicht, Godzilla winkt aber nur ab.

Der arme Wagenmeister! Ich weiß schon, daß er da draußen in der Kälte ab und zu einen Schluck zu sich nimmt. Heute wird er sich zu viel genehmigt haben, und der unerwartete Wechsel vom kalten Wetter in die dunstige Wärme der Wäscherei wird ihm zum Verhängnis geworden sein. Nun sagt Godzilla etwas zum Generaldirektor und seinem prominenten Begleiter - eine Entschuldigung vielleicht - und geht eilenden Schrittes zum Lift und drückt nun ... Auf welchen Knopf? Das Lämpchen „zwei" leuchtet auf - das ist das Stockwerk, in dem das Personalbüro untergebracht ist!

HABE ICH VIELLEICHT NOCH EINE CHANCE?

Das Telephon läutet hier draußen. Soll ich drangehen? Ich bin doch nur Vertretung für den Wagenmeister.

„Hallo!"

Die leicht heisere, mir nun bekannte Stimme vom Personalbüro ist wieder im Hörer zu vernehmen, diesmal aber nicht mit dem eiligen Unterton, sondern eher kollegial.

„Hallo! Vergessen Sie, was ich Ihnen vor einer Stunde gesagt habe. Ja, Sie! ... Sie brauchen nicht mehr nach Dienstende ins Personalbüro zu kommen. Und bis auf weiteres sind Sie als Wagenmeister eingesetzt. Ja, auf Verfügung vom Front Office Manager!"

So was?! Heißt das, daß Godzilla meine Kündigung zurückgezogen hat? Daß ich doch gerettet bin? Hat vielleicht der Buddha-Blick auf ihn eingewirkt? Oder hat er meine Kündigung nur notgedrungen, bis zur Einstellung eines neuen Wagenmeisters aufgeschoben?

Der Kollege Wagenmeister ist also weg. Dafür kann ich aber nichts. Ich weiß genau, daß der grausame Moloch Godzilla es auf mich abgezielt hatte, die fein geschliffene, sich drehende Spitze des Pfeils habe ich doch an meiner Brust schon gespürt. Der Pfeil war gerade dabei mein Hemd zu zerfetzen, als er aber dann - so was! - rasant auswich und nun einen anderen, Unbeteiligten traf, der zufällig dabeistand und überhaupt nicht gemeint war. Der arme Wagenmeister!

Auf alle Fälle bleibe ich doch wenigstens noch für eine Weile im Haus! Und Wagenmeister ist auch nicht schlecht. Denn sobald die Wagentür hinter dem angekommenen Gast zugeschlagen hat und mein Blick diskret hinunterrutscht, raschelt mir aus der geballten Hand nicht selten etwas entgegen. Schon in den ersten Minuten der Vertretung des Wagenmeisters nahm ich zur Kenntnis, nicht ohne freudiges Erstaunen, daß dieser Job auch nicht zu verschmähen ist. Da ich die Koffer eigentlich nur ungefähr fünf Schritte schleppe, vom Taxi bis zum Halleneingang beziehungsweise umgekehrt, was im Vergleich mit dem langen Weg der Kofferträger - über die große Halle, in den Lift, dann entlang der langen Gänge - kaum ins Gewicht fällt. Ich behelfe mich dabei jedoch mit keiner Rodel, wie sie es tun, denn Godzilla hat ausdrücklich verboten, mit einem solchen prosaischen Metallding vor dem Hoteleingang zu hantieren, an dem keinerlei Zierde oder Glöckchen angebracht ist. Wieso ist der Hotelgast auch zum

Wagenmeister nett? Na ja, dem Gast ist es letztendlich egal wie lange sein Koffer getragen wird, um überhaupt etwas herauszurücken, ihm ist nur eines wichtig: daß er von einem menschlichen Wesen getragen wird. Und das bin ich doch auch. Warum der Gast das braucht - wie schon gesagt - weiß ich nicht. Ruft in ihm das Zusehen, wie der eigene Koffer von einem anderen geschleppt wird, das in jedem schlummernde Selbstbildnis „ein Herr zu sein“ hervor? Oder bringt er vielleicht durch den zugesteckten Schein ja nur ein kleines Opfer der Gottheit dieser Weltordnung, die es mit ihm so gut gemeint hat, daß er sich mit Abschleppen vom Gepäck nicht abzumühen braucht?

Was tue ich da genauer vor dem Hoteleingang als Wagenmeister? In meinen Dienstanweisungen steht: „Betreuung bei der Ankunft und Abreise der Gäste“. Aber diese, ein ganzes Heft ausfüllenden Dienstanweisungen kann man vergessen. Denn wer richtet sich schon nach Dienstanweisungen? Zunächst müßten sie verstanden werden, oder? Mein Job läßt sich also kurz wie folgt beschreiben:

Sobald ich ein Privatauto oder Taxi vorfahren sehe, schreite ich ihm entgegen, reiße die Wagentür breit auf und lasse den Gast mit einem Begrüßungswort aussteigen, das aber nicht beliebig ausgesprochen wird, sondern in Tonhöhe leicht ansteigend, fast gesungen. In der Art: „Grüß Goooott!“ oder „Wellcoooom!“, sodaß dabei eine Spur von Empfangsfreude durchklingt. „Gepäck?“, „Luggage?“, „Ja?“, so mache ich schon zwei Schritte zum Kofferraum zurück, ohne die Antwort des Gastes abzuwarten, die manchmal überhaupt nicht kommt. Ich brauche sie aber auch nicht, denn schon nach einer leichten, suchenden Kopf- oder nur Pupillenwendung seinerseits weiß ich schon, wie es steht. Ich bin doch kein Anfänger, sondern nur ein Umsteiger von einem Hotelbereich in einen anderen, und zu tun habe ich doch weiterhin mit demselben, mir schon vertrauten Fünf-Sterne-Hotel-Gast. Wie jeder Angestellter in diesem Hause habe ich in den vielen Jahren nicht nur einen „Blick unter der Dachrinne“ entwickelt, sondern auch einen weiteren, den ich „Lupenblick“ nennen möchte. Mit dem kann ich schon aus dem Mienenspiel des Gastes - seien es nur kaum wahrnehmbare Verschiebungen, an- und absteigende Konturen etc. - dessen Wünsche genau ablesen, auch wenn diese ihm selbst noch nicht bewußt sind.

Abschließend schreite ich hinter dem Gast her, ein bißchen nach der Richtung des geschleppten Koffers links oder rechts geneigt, durch die

Hallentür hinein. Da bleibe ich stehen, weil ja schon ein Kofferträger mit gestrecktem Kopf mir entgegeneilt wie ein zorniger Gänserich auf einen Passanten, der sich zu nahe zu seiner Schar getraut hat. Denn da beginnt sein Revier!

Dann wäre die Abreise der Gäste. Die läuft an und für sich so wie die Ankunft ab, nur in verkehrter Reihenfolge. Sobald ich durch die gläserne Drehtür der Hotelhalle eine Person mit sicherem Schritt sich dem Ausgang nähern sehe und eine zweite, leicht taumelnd dicht hinterher, leite ich die Abreise ein: pfeife ich ein vorbeifahrendes Taxi herbei, schnelle dann mit vorgerücktem Oberkörper zur Türschwelle, um das Gepäck vom Kofferträger zu übernehmen, denn da eben beginnt mein Revier! Und nachdem ich die Koffer im Kofferraum des Autos verstaut habe, schlage ich die Taxitür hinter dem eingestiegenen Gast zu, mit einem Abschiedswort, diesmal aber in Tonhöhe leicht absteigend. In der Art: „Auf Wiederschaaauen", „Good byyy", „A rivederci", sodaß darin eine leichte Spur von Abschiedskummer durchklingt. Denn wenn dieser melodische Gruß früh genug anhebt, kann auch bei der Abreise was für mich herausspringen.

Na, die beiden Polizisten mit dem Finger stets am Abzug ihrer Maschinenpistole sind noch nicht eingetroffen. Das heißt, daß es bis zum Eintreffen des hohen Besuches noch etwas dauern wird, denn kurz vorher postieren sie sich links und rechts vom Eingang, während mehrere Zivilbeamte hin und her an mir vorbeigehen. Bis dahin kann ich mich zwischen die Scheiben der gläsernen Drehtür vom Hoteleingang stellen, denn draußen ist es ganz schön windig geworden. Hier drinnen spürt man wenig davon, und von diesem Unterschlupf aus kann ich das Geschehen sowohl vor dem Eingang als auch in der Hotelhalle verfolgen und jederzeit nach beiden Richtungen hin einsatzbereit sein. Beuge ich mich ein bißchen mit der Brust nach vorne, stehe ich schon draußen vor dem Ausgang mit ausgestreckter Hand, bereit, den Griff des vorgefahrenen Autos anzufassen und die Tür aufzureißen. Lehne ich mich hingegen ein bißchen mit dem Rücken nach hinten, bin ich schon mit dem Oberkörper in der Halle, bereit, das Gepäck eines abreisenden Gastes zu übernehmen. Wie ein braver Hund auf der Schwelle seiner Hütte stehe ich hier, mit dem Unterschied, daß er keine große Glasscheibe vor sich hat, ich dafür mir auch nicht gönnen kann, mich hinzuhauen und das Kinn auf die Vorderpfoten zu stützen. Aber eine etwas lockerere Haltung als in der Hotelhalle kann ich mir hier schon gönnen, indem ich mich mit dem Rücken und dem Nacken gegen die hintere Scheibe, mit den Schuhspitzen aber gegen die vordere Scheibe stemme. Weil nun die Glaswände an der Drehtür, zwischen denen ich lehne, wegen dem Temperaturunterschied leicht beschlagen sind, bekommen alle Gestalten und Dinge so etwas wie einen Hauch von Unwirklichkeit. Ja, beide Welten entrücken irgendwie in eine verschwommene Ferne, wo jede Bewegung - ob es die eines Autos auf der Straße oder eines Gastes in der Hotelhalle ist - sich verlangsamt, so als würde sie auf einem Planeten mit weniger Schwerkraft erfolgen. Die Gäste, an der Hotelhallenbar sitzend, die Kellner mit aufrechtem Gang und Tablett in der Hand, das ganze geschäftige Treiben in der Hotelhalle, an dem ich so lange Zeit beteiligt war, zeigt sich mir nun durch die beschlagene Glaswand als eine Mischung von Traum und Wirklichkeit.

Der stilvoll gekleidete Herr zum Beispiel, der seit längerem von einer Sitzbank in der Halle immer wieder zur Eingangstür blickte, hat sich soeben erhoben und geht nun auf einen gerade eingetroffenen Mann zu. Schau, wie sie aufeinander zugehen, die beiden Geschäftsleute! Von weitem schon strecken sie einander die Arme in Augenhöhe entgegen, und bei ihrem Händedruck scheint es mir, ein leichtes „Klick“ vernommen zu haben, als ob ich Zuschauer bei einer im All stattgefundenen Satellitenankoppelung gewesen wäre.

Die Kofferträger selbst, wie sie auf der Halbkreislinie vor der Rezeption stehen, wirken wie Figuren aus ägyptischen Wandmalereien, deren Abbildungen in unserem Geschichtslehrbuch mich immer verwundert haben. Denn darauf waren die Köpfe der Pharaonen und ihrer vielen Frauen von einer seitlichen Perspektive, ihre Körper und Beine aber von einer frontalen Perspektive wiedergegeben.

Ja, alles um mich herum bekommt von hier aus einen Zug von Entrückung, mal in der Zeit, mal im Raum. Und wenn ich mich gelegentlich mit dem Oberkörper nach vorne beuge, und mit der Drehtür ein langsames Schreiten im Kreis beginne, da bekomme ich das Gefühl, in einen halb schlafwandlerischen Taumel versetzt zu sein. Ich spüre dabei auf meiner Stirn ein Lüftchen, als würde ich, an einem Sessel angeschnallt, in die Höhe fliegen. Wie auf einem Ringelspiel.

Das Ringelspiel! Jeweils am 1. Oktober war bei uns im Dorf Kirmes. Aus allen benachbarten Dörfern kamen schon in der Früh Bauern mit angefüllten Karren, an denen Pferde oder Ochsen vorgespannt waren. Sie brachten zum Verkauf Säcke mit Korn und Obst, aus Weiden geflochtene

Körbe, hölzerne Gebrauchs- und Kunstgegenstände. Jugendliche in schöner Festtagstracht kamen zu Fuß und ich sah vom Fenster meines Hauses, wie auf den Hängen der sanften Hügeln, die unsere Ortschaft umgeben, helle und bunte Trauben von Burschen und Mädchen sich unserem Dorf näherten. Da wurden überall Schießbuden, Verkaufsstände, Bühnen für Magier-Vorführungen, Spiegelkabinette etc. aufgestellt. Als letztes, stückweise in den Waggons des kleinen Zuges verfrachtet, kam das Ringelspiel an.

Alles war an dem Tag festlich und aufregend. Wir Kinder schlenderten mit großen Augen durch den Markt, hielten uns mal vor einer Bude, mal bei der dörflichen Blaskapelle oder bei den Zigeunermusikanten auf. Ab und zu kam es zu einer Rauferei meist wegen eines Mädchens, welches von zwei Jungen umworben war und von denen keiner zurücktreten wollte. Dem Zuschauen bei solchen Prügeleien waren wir ebensowenig abgeneigt, wie beim heimlichen Zuschauen - mit dem Operngucker von Calin, vom hohen Dachstuhl des Arzthauses -, wie sich die Mädchen in großen, hölzernen Kübeln hinter aufgehängten Bettüchern wuschen und umkleideten. Denn am Nachmittag pflegten die Mädchen ein anderes Kleid als am Vormittag anzulegen, das gewöhnlich mit Stickereien verziert war.

An dem Tag bekamen wir Kinder ein bißchen mehr Taschengeld als gewöhnlich, das ich - vierter Volksschulklassler - für drei, vier Runden Ringelspielfahrten mit Claudia aus der Parallelklasse ausgab. Wir ließen uns an den Hüften mit Ketten auf zwei hintereinanderstehenden Sesseln anschnallen, das Ringelspiel setzte sich in Bewegung, und gleich schwebten wir in der Höhe von Hausdächern, Schornsteinen mit Storchennest darauf, Lichtmasten, Baumkronen herum. Ich habe noch vor Augen, wie auf dem Sessel vor mir Claudias Haar vom Wind aufgebauscht heftig flattert, wie in seiner Fülle die erröteten Wangen und die leicht aufsteigende Nasenspitze hervorleuchten. So, nun lasse ich mich nach vorn, den Bauch gegen die Sicherheitskette gepreßt, die Beine durch die Luft zappelnd, bis ich ihren Sessel von hinten mit den ausgestreckten Armen anpacke und ihn an mich heranziehe. Ich schmiege meine Schläfen an ihre duftende Haarfülle, nun drehe ich ihren Sessel zu mir herum, um meinen Mund langsam auf ihre fülligen roten Lippen zu drücken. Ach so, willst du nicht, hältst du mir nur eine Wange entgegen? Dann mach dich auf etwas gefaßt! Ich nehme mir Schwung und gebe ihrem Sessel einen kräftigen Stoß in die Höhe. Die langen herabhängenden Ketten ihres Sessels beginnen darauf sich ineinander zu verwickeln, krachend und pochend, den Sessel dabei immer höher treibend. Claudia sitzt nun halb ängstlich, halb aufgeregt auf dem herumwirbelnden Sessel wie eine Taube in einem neuen Käfig und schreit aus Leibeskräften:

„Bist du närrisch?!"

Nun beginnen sich die Ketten aus der engen Verdrehung zu lösen, ihr Sessel verliert allmählich an Höhe, ich strample wieder mit den Beinen durch die Luft und packe erneut ihren Sessel von hinten an.

„Bist du närrisch geworden?!" schreit sie mich nun aus der Nähe an, gleichzeitig ein befreiendes Lachen ausstoßend.

„Hau mich nicht mehr! Bitte, bitte!"

„Nur wenn ich dich auf den Mund küssen darf!"

„Bist du verrückt, hier ... Alle schauen zu uns herauf!"

Dann aber, als ob sie nicht umhin könnte, als dies über sich ergehen zu lassen, bleibt sie ruhig, senkt ihre Augenlider, ich drehe ihren Sessel zu mir wieder herum und lasse meinen Mund auf ihre üppigen Lippen herab. Denn auf einen Fliegerkuß durch die kühle Luft, über Hausdächern und an uns vorbei schießenden Schwalben, bin ich ganz wild! Es gefällt mir, die feuchte, süßliche Wärme ihres Mundes in mich eindringen zu lassen, wissend, daß nach einer kleinen Weile sie selbst meine Wangen in ihren kleinen Händen festhalten wird ...

„Was tun Sie da?!"

Seit wann spricht mich Claudia mit Sie an? Verdammt! Godzilla der Schreckliche steht neben mir, weiß Gott seit wann. Ich richte den zum Küssen vorgestreckten Kopf wieder aufrecht und bleibe mit der sausenden Drehtüre stehen.

„Entschuldigen Sie, Herr Front Office Manager. Aber die Tür ... die Tür!"

„Was ist mit der Tür?!"

„Die Tür kreischt in den Angeln beim Drehen!"

Godzilla schaut mich nun verdächtig an.

„Dann rufen Sie gleich den Mechaniker an, daß er sie ölt!" sagt er, während er sich umdreht und wieder in die Halle zurückgeht. Hatte ich aber einen guten Einfall! Ich muß mich nun wirklich zusammenreißen. Wieder bin ich in eine Erinnerung hineingeschlittert! Ob er mir diese Chance noch geben wollte oder nicht, jetzt habe ich doch eine bekommen! Ich muß mich bemühen, Godzilla nicht den geringsten Anlaß mehr für eine Ermahnung zu geben. Diesmal konnte ich ihn reinlegen, aber ob mir das wieder gelingt? Jetzt heißt es, mich zu keiner Träumerei mehr hinreißen lassen. Und mir noch einmal in Ruhe alles durch den Kopf gehen lassen, was mich beim ihm in Ungnade gestürzt haben könnte. Nur so kann ich die Sache wieder zurechtbiegen.

Aber wenn es weder an meiner Beatles-Brille noch an meinem langen Haar, das meine Ohren bedeckt, liegt, woran stößt er sich dann an mir? Sonst ist bei mir nichts verändert, im Vergleich bis vor einem Monat, vor seinem Urlaub, als ich noch zu seinen Lieblings-Kofferträgern zählte. Äußerlich ist mir sicher nichts anzumerken. Innerlich sicher hat mich die Neue von der Rezeption irgendwie aus der Bahn geworfen durch ihre verblüffende Ähnlichkeit mit Claudia aus der Parallelklasse. Aber davon kann Godzilla nichts wissen, denn ich habe niemandem davon erzählt! Und Gedanken lesen kann er auch nicht, welch hoher Manager er auch immer sein mag!

Oder? Kann es sein, daß mich dabei mein Gesichtsausdruck verrät? Meine Augen vielleicht? Wenn es so ist, dann ... Ja, dann werde ich daran arbeiten, daß sie möglichst undurchsichtig werden. Nun, als Wagenmeister kann ich ihn jedes Mal kommen sehen, so werde ich rechtzeitig die Augen derart aufgerissen halten, daß sie sich nach außen nichts mehr ansehen lassen. Ja, ich werde so lange üben, bis es mir gelingt, daß meine Augen wie zwei matte Scheiben wirken, daß sie zu einem einzigen matten Doppelauge werden wie das von Lacsi!

Aber vielleicht verraten mich dabei nicht sosehr die Augen als mein verlorenes Lächeln. Wenn es so ist, dann ist die Feile zunächst an die Mundwinkel zu setzen. Die Ausdehnung der Lippen beim Lächeln sollte genau in dem Punkt aufhören, wo eine weitere Ausdehnung die Entblößung der Zähne ermöglichen würde!

Oder verrät mich dabei mein Mienenspiel als Ganzes? Dann werde ich so lange trainieren, bis es mir gelingt, daß ich ebenso gesichtslos wie die anderen Kofferträger-Kollegen wirke, ebenso glatt wie die Eingangssäulen, wie die Karosserien der schönen Autos, die immer wieder bei mir vor- und wegfahren. Denn wenn mir das gelingt, werde ich keinen Grund mehr haben, mich vor Godzilla zu fürchten.

„Ziemlich kühl draußen!“ höre ich plötzlich jemanden hinter mir sagen. Ich drehe mich um. Claudia schnappt sich einen Mundvoll frische Luft vor dem Hoteleingang.